KB001420

시스루 양말과 메리야스

전국 중고생들의 학급 문집 글 모음

시스루 양말과 메리야스

초판 1쇄 발행 · 2016년 7월 28일

펴낸이 · 강일우
책임 편집 · 이혜선 강혜미
펴낸 곳 · ㈜창비교육
주소 · 서울시 마포구 월드컵로12길 7 창비서교빌딩 4층
전화 · 02-6945-0945
홈페이지 · www.changbiedu.com
전자우편 · textbook@changbi.com

ISBN 979-11-86367-33-9 43800

* 책값은 뒤표지에 표시되어 있습니다.

전국 중고생들의
학급 문집 글 모음

정희성, 고용우, 김영호, 최재봉, 하경화 엮음

창비교육

엮은이의 말

요즘 청소년들은 무슨 생각을 하며 살고 있을까요? 요즘 청소년들은 예전과 달라도 너무 다르다는 애기를 자주 듣습니다. 주변에서 들리는 것도 그렇고, 언론에 보도되는 내용은 더 충격적일 때가 많아요. 예의가 없고, 제 자신밖에 모른다는 둥, 물건을 아껴 쓸 줄 모르고, 외모에만 관심을 기울인다는 둥, 도무지 생각이란 걸 하지 않는다는 둥 별의별 애기들이 들려요. 좀 과장해서 새로운 인종이 나타난 것이라고 말하는 사람도 있을 지경이지요. 주변에서 만나는 청소년들은 별로 그렇지 않은 것 같은데 실은 그들도 괴물 같은 존재들인가 하는 생각을 할 때도 있어요.

하지만 소크라테스도 요즘 젊은이들은 버릇이 없다는 말을 남겼다고 하니까 으레 있게 마련인 세대 차이, 혹은 어른들의 공연한 노파심 때문일까요? 하긴 요즘 세상도 참 많이 바뀌었어요. 스마트폰만 들고 있으면 무엇이든 할 수 있는 세상이 되었잖아요. 곁에 있는 사람들과 어울릴 필요 없이 스마트폰만 들고 있으면 혼자서도 시간 가는 줄 모르고 지낼 수 있는 시대가 되었어요. 이건 어른들도 마찬가지겠지만 호기심 많고 새로운 기계에 빨리 적응하는 청소년들에게 더 많은 영향을 끼치겠지요.

게다가 학교 문화도 많이 바뀌었어요. 특히 수준별 이동 수업, 교과 교실제, 선택형 수업 등은 학급의 의미를 점점 약하게 만들고 있는 것 같아요. 이 교실 저 교실로 옮겨 다니면서 다른 반 친구들과 모여서 공부해야 하는 경우가 많아졌지요. 청소년들은 더 바빠졌고, 학급이라는 공동체가 예전 같지 않게 된 거지요. 이런 변화된 환경이 청소년들을 바꿔 놓은 건가 하는 생각도 해 봤어요.

하지만 학급 문집 만들기 캠페인에 참여한 글들을 읽으면서 그런 걱정들이 공연한 것이었구나 하는 생각을 했어요. 문집을 통해 만난 청소년들은 여전히 생기발랄하고, 꿈 많고, 서투르지만 진솔한 모습이었어요. 친구와의 우정이 소중하고, 이성에 대한 호기심으로 여전히 두근거리고, 부모님이나 선생님과 잘 소통하면서 사랑하고 사랑 받고 싶어 하는 모습이 고스란히 담겨 있었어요. 가족이나 이웃의 아픔에 함께 눈물 흘리는 모습도 읽을 수 있었고, 당면한 사회 문제를 염려하는 글도 읽을 수 있었어요. 청소년들은 온통 게임과 영상 문화에 파묻혀 있는 줄 알았는데 지레 걱정을 한 거지요. 요즘 같은 학교 환경을 생각한다면 교실을 중심으로 아기자기하게 살아가는 모습과 생각을 담은 글을 모아서 문집으로 묶어 낼 수 있다는 사실 자체가 경이롭게 느껴지기도 했어요.

응모한 학급 문집의 그 많은 글 중에서 일부를 가려 뽑았어요. 그러나 여기 가려 뽑은 글들은 백일장이나 문예 공모에서 수상할 법한 글과는 다릅니다. 대개 백일장이나 문예 공모에서 뽑은 글은 문학적 수준에 초점을 맞추지만 이 책에는 청소년들의 살아가는 모습이 잘 드러나 있는 글, 청소년들이 재미있게 읽을 만한 글에 더 비중을 두고 실었어요. 학급 문집에 실린 글들은 상을 받기 위해 기교를 부리고 꾸민 글이 아니라 그냥 학생들의 살아가는 모습을 진솔하게 드러낸 글이 중심이었기 때문이지요.

좋은 글이 많았는데 갈래별 작품 수를 안배하고, 책의 분량도 고려하다 보니 꼭 싣고 싶은 글도 못 싣게 된 경우가 있어서 아쉬워요. 책의 구성을 '나 · 가족, 일상 · 사물, 학교 · 친구, 사회'의 4부로 엮었어요. 그러나 작품을 이렇게 분류한 것은 그 작품이 특별히 해당 주제에 잘 맞아서라기보다는 책을 짜임새 있게 구성하기 위해 나눈 것에 불과합니다. 각 꼭지의 제목이나 주제에 얽매일 필요 없이 내용을 읽고 즐기는 것이 좋겠지요.

같은 또래의 청소년들이 이 글들을 읽는다면 많은 부분에서 공감하며, 비슷한 모습으로 살아가는 친구들을 만날 수 있을 거예요. 글을 읽은 뒤에 자신의 생각도 재미있게 표현해 보는 시간을 가졌으면 좋겠어요. 어른들은 여기 실린 아이들의 삶, 아이들의 고민,

아이들의 꿈을 읽으면서 자신의 학창 시절을 되새겨 보는 시간을 가질 수 있겠지요. 아울러 요즘 청소년들의 내면을 엿보고 긴밀하게 소통하는 시간을 가질 수 있을 거라 믿어요. 이 문집이 서로의 마음을 따뜻하게 연결해 주는 역할을 했으면 하는 바람입니다.

2016년 7월
엮은이 일동

차례

2 소파의 틈 _ 일상 · 사물

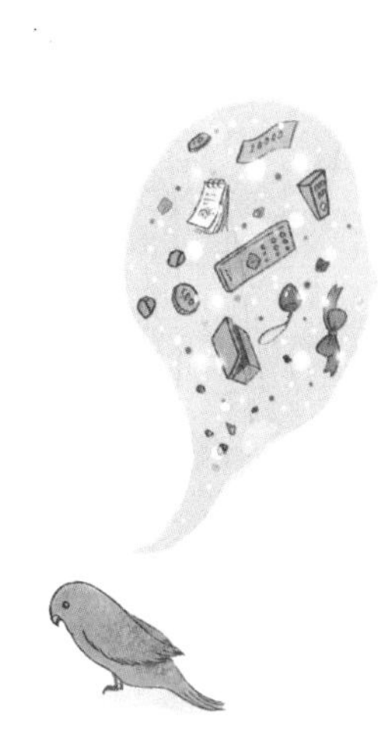

3 시스루 양말과 메리야스 _학교 · 친구

1
담배 도둑
나 · 가족

어릴 적 문방구에서 사탕 한 번 훔쳐 본 적 없던 내가
담배 도둑이 된 이유는, 어쩌면
아빠의 슬픔을 훔치고 싶다는 생각 때문인지도 모른다.
_ 제주 남녕고 **홍하림,** **「담배 도둑」** 중

신기한 존재들

경기 남양주 진건중 임민규

공부할 때 안 온다
게임할 때 온다

운동할 때 안 온다
TV 볼 때 온다

숙제할 때 안 온다
핸폰 볼 때 온다

신기한 존재들…….
우리 부모님

사춘기

강원 남춘천중 이수민

어른들이 생각하는 사춘기
반항하고 대드는 시기

형, 누나들이 생각하는 사춘기
나도 겪은 힘든 시기

내가 생각하는 사춘기
몸이 변하는 시기

그러나 사춘기는,
생각할 사(思)
봄 춘(春)
때 기(期)
봄을 생각하고 느끼는 때이다.

닮고 싶다

전남 구례동중 김영빈

난 아빠의
사슴보단 작지만 큰 눈망울을
초콜릿 우유보단 하얗지만 까만 피부를
눈사람보단 날씬하지만 통통한 몸매를
닮았다.

이왕 아빠를 닮은 김에
보는 사람의 마음을 편하게 하는
푸근한 인상도
다른 사람의 기분을 좋게 하는
말솜씨도
어려운 벽도 뛰어넘는
열정적인 마음까지도
닮고 싶다.

엄마가 뿔났다

경북 안동여중 김초원

엄마가 뿔났다
휴대폰 만진다고
이제 그만하려고 했는데

엄마가 뿔났다
공부 안 한다고
이제 하려고 했는데

엄마가 뿔났다
책 안 읽는다고
이제 읽으려고 했는데

이제 그러려고 했는데

동생과의 일상

전남 광양백운고 양다영

지켜라 지켜라 순서 제발 순서 지켜라
니 취향대로 야식 시키지 마라 내가 메뉴 정할 차례다
참으리 참을 인 참을 참을 참을 인

비켜라 비켜라 이제 컴퓨터 비켜라 이제
숙제가 게임해 오기냐 비켜라 이제
참으리 참을 인 참을 참을 참을 인

니 선물 기억 안 나니 비쌌는데 기억 안 나니
100원짜리 생일 선물 안 주느니만 못하다
참으리 참을 인 참을 참을 참을 인

답해라 답해라 부름에 부르면 답해라 답해라
묵언 수행하냐 개랑 대화하는 게 더 낫겠다 제발 답 좀 해라

참으리 참을 인 참을 참을 참을 인

걸지마라 걸지마라 시비 내가 1살 더 많다

너보다 밥을 1095그릇 더 먹었다 1살 차이 우습게 보지 마라

참으리 참을 인 참을 참을 참을 인

그래도 하나뿐인 내 동생 미우나 고우나 내 동생

앞으로도 잘해 줄게 너도 좀 잘해

참으리 참을 인 참을 참을 참을 인

자음으로 행시 짓기

경기 안산 단원중 김지원

ㄱ 가장 이야기를 많이 나누는 사람

ㄴ 내가 너무 힘들어서 울고 있으면

ㄷ 다가와서 토닥여 주는 사람

ㄹ 라디오에 나오는 목소리보다 더 좋은 목소리를 가지고 있고

ㅁ 마음씨가 착한 사람

ㅂ 부모님처럼 나에게 소중한 사람

ㅅ 세상에서 가장 예쁜 웃음을 가지고 있고

ㅇ 울때는 나도 같이 슬퍼지는 사람

ㅈ 직감적으로 날 사랑하는 걸 느끼게 해 주는 사람

ㅊ 최고라고 응원해 주는 사람

ㅋ 코끼리보다 작고

ㅌ 토마토처럼 볼이 통통한

ㅍ 표현하지 않아도 고마워

ㅎ 하늘이 두 쪽 나도 사랑하는 우리 언니

담배 도둑

제주 남녕고 홍하림

코끝을 울리는, 담배 연기가 배인 아빠의 외투
그 어두운 동굴에서 나의 손은 이리저리 헤매었다.
땀구멍에서 터져 나오는 초조함을 애써 욱여넣고
마침내 그것은 요동치는 내 심장 속으로 들어왔지.

달력이 바뀌어 카네이션을 드리는 날이 올 때마다
늘 건강 생각하라는 그 말을 편지 속에 눌러 담았건만
매일 밤 보름달을 마주하고
한숨과 함께 몽글한 연기를 토해 내는 아빠의 뒷모습은
타들어 없어져 가는 담뱃재처럼 초라했다.

어릴 적 문방구에서 사탕 한 번 훔쳐 본 적 없던 내가
담배 도둑이 된 이유는, 어쩌면
아빠의 슬픔을 훔치고 싶다는 생각 때문인지도 모른다.

말동무

경기 평택 현화중 이은아

매일 술을 마시고 오는
우리 아빠
아빠가 술을 마시고 오면
괜스레 짜증이 나
아빠의 말에 대꾸도 잘 안 하는데
어느 순간 곰곰이
생각한다

문득 생각이 난다
우리 가족 중에서 아빠에게
먼저 대화를 거는 사람은
아무도 없다

어쩌면 아빠에게

진짜 필요했던 것은

술친구가 아닌

말동무 아니었을까?

아버지의 무게

충북 청주중앙여고 김성혜

늦은 저녁
식구들의 저녁 식사가 끝나 갈 즈음
그제야 현관에서 소리가 난다.
그 소리를 듣고 현관으로 가 보니
아침과는 사뭇 다른 표정의
아버지가 서 계셨다.

식구들이 있던
북적거리던 저녁상을 치우고
한 사람만을 위한
조촐한 밥상이 차려진다.
몇 안 되는 반찬에
식탁이 유독 크게 느껴진다.

부른 배를 두드리며
신발장으로 향하였다.
어두웠다.

형형색색의 신발들 중
단연 눈에 띄는 구두 한 켤레.

내가 밟지 못한 길을 걸어온
그 낡은 구두 한 켤레
나는 조용히 구두에 묻은 흙을 털었다.

흙 묻은 그 낡은 구두는
나에게는 너무 무거웠다.
창밖의 달이 유독 차갑게 느껴졌다.

미래의 나의 아들에게

충북 충주고 박비도

아들아
착한 친구들을 만나 바르게 자라거라.
아빠가 지금 생각해 보면 친구들 때문에
얻은 즐거움도 물론 크지만
그 친구들로 인해 포기해야 했었던 것들이
지금은 너무나도 아쉽단다.

아들아
너는 절대 담배를 배우지 말거라.
담배로 인해 아빠는 중학교 때부터
세상을 느끼는 눈을 잃어버렸단다.
아침 햇살의 따뜻함을 느끼는 방법과
푸른 하늘을 보는 방법을 잃어버렸단다.

공부. 물론 잘하면 좋겠지.
하지만 공부를 잘하는 친구보다
성격 좋고 정 많은, 인성이 좋은 친구를
사람들은 더 원한단다.

아들아
부디 주변 사람들이 너를 친구로 두기를 원하는 사람이 되렴.
이 글을 이해하는 날, 너는 아마 새 삶을 살 수 있을 것이야.

과거 고2의 아빠가

아침밥

제주 신성여고 박현비

딸내미 머리 말리는 소리에 깨어나
부스스 부엌으로
걸어가는 건지 기어가는 건지
아침잠 줄여 기꺼이 차려 놓은
하얀 쌀밥은
그냥 그렇게 눅눅해졌다.

"밥 먹어라." 외친 말은
거들 뿐.
실은 같이 있고 싶을 뿐인데
사과 한 조각 물기도 바쁜
딸의 아침은
밥이 식기도 전에 끝나 버렸다.

아침때가 아니면
자정을 넘기고서야 마주치는
내가 아쉬운지
학교까지 찾아와
점심시간 잠시 외출하자던
엄마의 부름이 있었다.

일어나자마자
쉴 새 없이 달려왔던 아침
밥 한 숟가락보다
나무 빗을 챙겼던 나
그제야
내 뒤에 서 있던 엄마가 보였다.

오늘은 몇 시에 오냐며
학교 행사를 싫어하던 엄마와
하루 한 끼도 함께하지 못했다.
누구는 텅 빈 곳에서
누구는 꽉 찬 곳에서
말 한마디 건네지 못했다.

공허했던 그 사람의 일과를
내가 채워 줄 수 있다면
쌀밥이 올려진
또 다른 아침이 온다면
내가 건넬 아침을 부르는 말
잘 먹겠습니다.

아들, 너는 죽었다

경기 남양주 호평중 최예빈

잔소리를 하였다
아들이 방으로 쿵쿵 들어가
부르르부르르 떨고 있다
문 열어라 문 열어라
잠갔던 문 열어라
문 따러 가는데
어, 어, 재 좀 봐라
문고리 잡고 있네

아들, 너는 죽었다

* 이 작품은 김용택의 「공, 너는 죽었다」를 패러디하였습니다.

밤 10시의 길

서울 구현고 오선민

밤 10시, 야간 자율 학습이 끝나면 나는 곧장 집으로 향한다. 15시간 만에 만나는 집이다. 집이 보고 싶은 건지 엄마가 보고 싶은 건지 내 방이 보고 싶은 건지는 모르겠지만 왠지 모르게 기다려지는 시간이다. 교문을 열고 나왔을 때의 어두운 하늘과 밝은 달빛은 오늘도 내가 열심히 했다고 증명해 주는 것 같아 늘 기분이 좋다. '오늘도 수고했다고, 후회 없이 최선을 다했다고, 자랑스러워해도 된다고.' 생각한다.

그래서인지 아침 등굣길과는 또 다르게 가벼운 발걸음이다. 보폭도 크고 걸음걸이가 힘차다. 하루 동안 쏟아부은 내 노력이 담겨 있는 어두운 거리는 내 꿈으로 향하는 길일 것만 같다. 꿈으로 가는 희망찬 길이 왜 어둡냐는 의문을 가질 수도 있지만 나에게 이 어둠은 암울함이 아닌 노력의 증명이다. 집으로 가는 한 걸음, 한 걸음이 내 꿈으로 가는 걸음인 것만 같다. 그래서 더 힘차고 보폭도 큰 것인가 보다. 기분 좋은 걸음을 걸으며, 이런 생각을 하며 내

안에 또 다른 생각이 생겨난다. '정말 내 꿈으로 나아가는 길이, 걸음이 지금 이 길과 걸음처럼 거침없었으면 좋겠다. 그런데 만약 그렇지 않으면 어쩌지?' 그렇게 생각하자 길은 또 다른 모습으로 내게 다가온다. 어둡고 늦은 시간인데도 길 위에는 많은 사람들이 있다. '나만 열심히 사는 게 아니구나. 많은 사람들이 치열하게 살고 있구나. 그럼 난 얼마나 더 열심히 살아야 할까?' 함께 노력하고 있는 사람들 사이에서 동질감과 위로가 아닌 경쟁심을 느끼고 있는 나를 보고 문득 놀랐다. 이것도 다 꿈으로 가는 과정인 건지, 꿈을 위해서라면 꼭 그래야 하는 건지 또 마음이 복잡해진다. 이런 생각을 할 때면 단순하게 생각하고 말 걸 하는 후회가 든다. 이렇게 쓸데없는 생각 아닌 고민을 하며 집에 도착한다.

오늘은 집으로 가는 길에 나 혼자가 아니다. 지하철역까지는 친구와 함께 간다. 오늘 같은 날이면 집으로 가는 길에 심심할 틈이 없다. 덕분에 쓸데없는 생각이나 고민을 하고 후회할 필요가 없다. 친구와의 수다는 재미있고 둘 사이에는 웃음이 가득 채워진다. 그래서인지 친구와 함께하는 시간이 지나고 지하철역에서 우리 집까지 혼자 가는 길은 적막 속에 갇힌 것 같다. 나는 갑작스럽게 찾아오는 적막이 싫다. 그래서 이어폰을 끼고 노래를 튼다. 그렇게 다른 생각할 여유 없이, 한눈팔 여유 없이 집에 도착한다. 친구와 시간을 보내고 나면 항상 '잘 놀았다.' 하는 생각이 든다. 그러나 한편으로는 '놀았으니 공부를 해야지.' 하는 조바심이 생긴다. 나는 조바심에 쫓겨 옷을 갈아입는다.

오늘도 집에 가는 길에 나 혼자가 아니다. 엄마가 데리러 오셨다. 늦은 시간인데, 퇴근 후 엄마도 피곤할 텐데, 나를 데리러 와주는 엄마에게 미안하고 고마운 마음이 든다. 엄마가 오는 날, 집으로 가는 길은 기분이 좋다. 엄마는 내 말을 잘 들어주는 좋은 수다 친구이다.

문득 꿈으로 가는 길은 나 혼자만의 길이 아니라는 생각이 든다. 꿈은 온전히 나의 꿈이지만 그 꿈으로 가는 길은 온전히 나만의 길이 아니다. 엄마, 아빠, 가족들, 선생님들, 친구들 모두 그 길 위에 있다. 꿈을 이루고 행복해하는 내 모습, 그리고 내 사람들의 모습이 떠오른다. 내 꿈은 내 사람들이 행복해하는 것인지도 모르겠다. 그것을 바라보며 오늘도 열심히 달렸고 집으로 가는 길을 지나 집에 도착했다.

밤 10시, 집으로 가는 길에는 어둠과 달빛이 내려앉아 있다. 내가 그 길 위를 걷고 가족들, 친구들도 길 위에 있다. 길은 내게 뿌듯함을 느끼게 하고 자신감을 느끼게 하며 조바심과 경쟁심을 가지게 한다. 길의 끝에는 내 꿈이 나를 부르고 있을 것이고, 나는 꿈을 보러 가기 위해 오늘도, 내일도, 그다음 날도 길을 걸을 것이다. 꿈이 얼마나 어여쁜지, 빛이 날지 내 눈으로 직접 확인할 그날을 위해.

16살, 16년 동안의 삶

서울 신남중 박선미

나의 탄생

때는 1999년 8월경, 엄마는 나를 임신하셨다. 날 임신하셨을 땐 회사를 그만두지 않으시고 내가 태어나기 한 달 전부터 휴가를 내서 나를 낳을 준비를 하셨다고 한다. 언니를 임신했을 때 회사를 그만두신 게 후회가 됐었다고 하신다. 그래서 나를 임신하셨을 때는 회사를 계속 다니신 거였다. 엄마에게 안 힘들었냐고 묻자 당연히 힘들었다고 답하셨다. 괜스레 미안해졌다.

엄마는 날 임신하셨을 때 태교로 십자수를 하셨다고 했다. 왜 태교를 십자수로 했냐고 여쭤 보니 십자수로 태교를 하면 조용하고 얌전한 애가 태어난다는 속설이 있어서 십자수를 하셨다고 한다. 하지만 조용하고 얌전한 애가 아닌, 그 반대로 산만하고 여기저기 날아다니는 내가 태어나는 바람에 '십자수 부작용'이라고 말씀하신다. 엄마는 내가 태어나고 한 시간 만에 고개를 이리저리 돌렸다고 하신다. 엄마는 그것을 신기하게 여기셔서 내가 특별한 아이라고 믿고 계신다. 그런데 요즘은 덜한 것 같기도 하다. 사춘기 때문인가 하는 생각이 든다.

외조부모님 손에서 성장

엄마가 회사 일로 바쁘셔서 언니와 나는 외할머니 댁에서 키워졌다. 그전에 엄마와 아빠가 이혼한 탓도 있다. 나는 그때 상황을 아직도 잘 모르지만 엄마의 의견을 존중할 뿐 나쁜 마음은 없다. 부모님이 이혼하시고 나서 엄마와 언니와 나는 외할머니 댁에서 살았다. 엄마는 회사에 가시기 전에 언니와 나를 영어 유치원에 데려다주고 일을 나가셨다. 유치원이 끝나면 매일 할머니 댁으로 가서 놀았다.

나는 놀이터보다 할머니네 옥상을 더 좋아했다. 옥상에는 포도가 주렁주렁 자랐고 해바라기도 해를 보며 우뚝 서 있었으며 화분에는 꽃들도 많이 피어 있었다. 1층에는 나무들이 많았는데 특히 개나리가 정말 예뻤다는 게 아직도 기억난다. 지금도 봄이 돼서 개나리를 보면 옛날 생각이 난다. 개나리 반대쪽에는 앵두나무가 있었다. 나랑 언니는 그 앵두를 먹겠다고 담을 올라타다 넘어져서 울기도 했지만, 종이컵에 앵두를 가득 채울 때의 느낌은 정말 뿌듯하고 행복했었다. 할머니, 할아버지께 담에 올라가지 말라고 꾸중도 들었지만 앵두 한 컵을 따왔을 땐 칭찬도 해 주시고 맛있게 잡수어 주셨다.

난 할머니, 할아버지 손에서 자랐지만 엄마를 원망하거나 미워하지 않는다. 엄마도 사정이 있었고 나도 외가에서 보낸 시간들이 슬프거나 외롭지 않았기 때문이다. 엄마가 우리를 먹이고 키우기 위해서 그러신 거니까 난 엄마가 멋있다고 생각한다.

이제는 어엿한 16살

초등학교 3학년 때 지금 살고 있는 아파트로 이사 오고 난 후 할머니 댁과는 멀어져 자주 안 가게 되었다. 뭐, 나이를 먹어서 그런 것도 있는 것 같다.

언니랑 나는 3살 차이가 나서 내가 초등학생일 때 언니는 중학생이었고, 내가 중학생이 되니 언니는 고등학생이 되었다. 그래서 언니랑도 잘 마주치는 시간이 없다. 엄마도 회사 일 때문에 저녁에야 돌아오시니까 집에서 나 혼자 보내는 시간이 많다.

그래도 나는 외롭다고 느끼거나 그러진 않는다. 무덤덤해진 것도 있지만 혼자 있는 것도 나름 재미있기 때문이다. 집에 혼자 있다 보면 여러 가지 하고 싶은 게 생긴다. 그래서 요리, 설거지, 청소, 빨래 등을 엄마한테 가끔씩 물어보면서 배웠고 잘하게 되었다. 심심할 땐 피아노도 치면서 시간을 보낸다.

중학교에 막 들어왔을 때에는 사춘기가 와서 그랬는지 살짝 안 좋은 무리와 몰려다닌 적이 있다. 지금은 물론 왜 그랬나 싶기도 하고, 한편으로는 늦게 길 잘못 드는 것보다 일찍 경험한 것이 더 낫다는 생각도 한다. 물론 잘못했지만 말이다.

이제 얼마 안 있으면 고등학생이 된다. 조금 무섭고 잘할 수 있을까 두렵기도 하지만 앞으로 점점 더 발전하면서 어엿한 어른이 됐으면 좋겠다.

똑똑똑

서울 인수중 최하늘

"쾅!"

"바람 때문에 그런 거야!"

엄마와 싸웠다. 중국어를 배우고 싶어서 학원에 보내 달라고 떼를 쓰다 서로의 마음에 못 하나씩 박고 문을 닫아 버렸다. 나는 생각했다.

'왜 항상 이런 식일까? 내가 하고 싶은 걸 하게 해 주어야 하는 거 아니야?'

나는 내 마음을 몰라주는 엄마가 너무 미웠다. 싸울 때마다 서로 마음을 열고 다가가자던 엄마의 말이 생각났지만, 서러움에 울다 잠이 들었다. 다음날 아침이 되었지만 화가 풀리지 않은 나는 문을 세게 닫고 학교를 갔다. 학교에서 내 친구 수진이에게 서러움을 표출했다. 수진이의 위로가 먹히지 않았다. 오히려 더 화가 났다. 수진이의 눈빛이 좋지 않았다. 수진이는 우리 엄마 같은 사람이 있어 부럽다고 했다.

'대체 왜지?'

항상 화만 내고 성질부리는 엄마가 뭐가 좋다는 건지 나는 정말 이해되지 않았다.

하루가 너무 힘들고 지치는데 집에 와 보니 엄마가 홈 쇼핑 방송을 보고 있었다. 그 순간 나는 너무 화가 나서 집을 나왔다. 가야 하는 학원도 땡땡이를 치고 친구들과 노래방에 가고, 남아 있던 용돈으로 피시방도 갔다. 시간을 보려고 휴대폰을 꺼냈는데 부재중 전화가 20통은 넘게 와 있었다. 너무 놀라 시간을 보니 새벽 1시였다. 빨리 집에 가야겠다는 생각에 누구보다 빠르게 뛰었다. 뛰는데 여러 생각이 들었다. '엄마가 엄청 혼내시겠지?', '아빠 무서운데 어쩌지?' 집에 들어가기가 너무 무서웠다. 너무 무서워서 다리가 떨리기 시작하더니 내 발걸음은 이내 수진이의 집으로 가고 있었다. 그런데 이럴 수가, 엄마가 수진이의 집 앞에서 울고 있었다. 나도 모르게 놀라 그만 '엄마!' 하고 불러 버렸다. 엄마가 나에게로 뛰어오더니 나를 안고 울며 '감사합니다.'라고 하는 것이었다. 내 몸은 경직이 되었다. 엄마의 눈물이 보이기 시작하자 나도 울기 시작했다.

집으로 가는 길은 너무나도 조용했다. 무슨 말을 해야 할지, 어떤 말을 하면 이 조용한 분위기에서 나올지, 엄마의 마음을 열고 싶은데 어떻게 열어야 할지. 아침까지 성질부리고 화내며 엄마 마음에 못 박은 게 너무 미안했다. 겨우겨우 집에 와서 침대에 누워 생각했다.

'내가 지금 엄마 마음의 문을 열어 조심스레 못을 뽑고 못 뽑은 자국을 지워줄 수 있을까?'

아니, 꼭 해야만 한다. 휴대폰을 꺼내 울고 있을 엄마에게 문자를 보낸다.

'똑똑똑'

나의 증조할머니

강원 정선고 전미혜

나는 바쁜 부모님 대신 증조할머니와 보낸 시간이 더 많다. 어릴 때부터 부모님보다 나의 증조할머니한테 많은 부분을 의지하면서 자랐던 것 같다. 나는 우리 집에서 위로 10년 터울을 두고 늦게 태어난 막둥이다. 그래서인지 증조할머니가 너무 오냐오냐 하셨기에 버릇없이 자란 경향이 없지 않아 있다. 유치원이나 초등학교를 마치고 집에 오면 주로 증조할머니와 시간을 보내며 부모님이 밭에서 돌아오실 때까지 기다렸다. 증조할머니를 어릴 때는 그냥 '상할머니'라고 불렀다. 할머니보다 높은 할머니기에 그렇게 불렀던 것 같다.

아주 어릴 때는 철이 없었다. 욕심이 많았고 심술도 많았다. 그래서 때때로 할머니와 화투를 칠 때 내가 지는 기세이면 화투판을 엎어 버리는 심술도 부렸다. 그래도 증조할머니는 화를 낸 적이 없다. 이렇게 할머니가 오냐오냐 해 주며 키워 주셔서 그런지 할머니께 막 대하고 버릇없이 한 행동이 많은 것 같다. 지금 커서 생각하니 할머니한테 잘한 건 하나도 없다. 진짜 못돼 먹은 손녀였다.

너무 많아서 다 이야기할 수 없을 만큼 나의 어린 시절은 부모님보다 증조할머니의 기억으로 메워져 있다. 그만큼 많은 시간을 같이 보냈고, 마음속에 담아 둔 증조할머니와의 추억들이 많다. 유치원도 다니기 전의 어린 나는 80세이신 증조할머니와 단둘이 시내에 나오는 것을 좋아했다. 증조할머니는 연세가 많으셔서 그런지 조금만 걸어도 앉아서 숨을 고르다 가셔야 했지만 그래도 나를 데리고 다니셨다. 증조할머니는 나를 시내에 데리고 나올 때마다 과일 모양의 쭈쭈바를 사 주셨다. 그게 아마 증조할머니와 시내에 나오는 것을 좋아한 가장 큰 이유였던 것 같다. 요즘은 그 쭈쭈바가 생각나서 여기저기 슈퍼를 돌아다녀도 찾을 수가 없다. 벌써 이렇게 시간이 흘렀는가.

내가 어렸을 때에도 증조할머니는 이미 많이 늙으셨었다. 증조할머니는 가족들에게 폐 끼치기를 싫어하셨다. 그랬던 증조할머니라 편찮으셔도 아무 말씀도 안 하시고 집안일이라도 도우려고 애쓰셨다. 지금도 마음고생을 하셨을 할머니를 생각하면 코끝이 찡해진다.

우리 마을에는 내 또래의 친구가 거의 없었다. 그래서 주로 혼자 놀았다. 여름에 물놀이를 가고 싶을 때 또한 혼자 가야 했었다. 하지만 내겐 증조할머니가 함께했다. 물놀이 생각에 신나서 내가 부

지런히 걸어가면 증조할머니는 숨차 하시면서도 느릿느릿 내 뒤를 따라오셨다. 내가 혼자 물놀이를 하면서 물장구를 치면 증조할머니는 항상 물가에 앉아서 나를 지켜봐 주셨다. 장난을 치기도 하셨다. 또 소나기가 추적추적 내리는 날이면 처마 밑에 앉아 먼 산을 보면서 긴 아리랑을 부르기도 하셨다. 그때는 아무 생각 없이 들었던 아리랑이 요즘 비 오는 날 혼자 창밖을 볼 때면 더 슬프게 느껴진다.

초등학교 4학년 내 생일 때는 우리 집에 친구들을 초대해서 먹고 놀았다. 친구들과 놀기 바빠서 증조할머니는 한 번도 보지 않았다. 친구들이 가고 나서야 할머니는 내게 생일 축하한다고 말씀하셨다. 친구들과 즐겁게 노는 나를 방해하고 싶지 않으셨던 모양이다. 그래서 친구들이 갈 때까지 나를 기다리셨을 것을 생각하니까 또 마음이 아프다. 생일도 제대로 못 챙겨 줘서 미안하다고 하시면서 내 손에 쥐어 주신 오천 원. 며칠 뒤 일어날 일을 알았더라면 그 오천 원으로 맛있는 것을 사서 증조할머니와 먹을 걸 그랬다.

하지만 아무것도 알 수 없었던 나는 그 돈을 의미 없게 써 버렸다. 내 생일이 지나고 평소에 폐 끼치는 게 싫어 먹고 싶은 것이 있어도 말씀하지 않으시던 증조할머니가 "부침개가 먹고 싶다, 자장면이 먹고 싶다." 하시면서 맛있게 드실 때 나는 알았어야 했다. 증조할머니는 내 생일이 지난 지 이틀도 되지 않아 편찮으시기 시작했다. 단순히 체하신 거라 생각했지만 자리에서 일어나실 생각을 하지 않으셨다. 증조할머니가 편찮으신 지 하루가 지난 날 나는 처음으로 육상 대회를 다녀왔다. 저녁이 지나서야 집에 돌아왔는데, 증조할머니가 생각나 바로 증조할머니 방에 들어갔다. 증조할머니는 눈도 뜰 힘이 없으시면서도 내 손을 꼭 잡으셨다. 아프지 말고 얼른 나으라며 할머니의 팔다리를 주물러 드리고 나왔다. 내가 나오자 아빠가 증조할머니 방에 들어가셨는데 그때는 이미 증조할머니가 눈을 감으셨을 때였다. 나는 증조할머니가 단순하게 편찮으신 거라고 믿었다. 옛날처럼 일어나서 오랫동안 내 옆에 있어 주실 거라고 안일하게 생각했었다. 하지만 증조할머니는 그러지 못하셨다. 하루 종일 육상 대회에 나가서 까맣게 탄 내 얼굴이 증조할머니가 돌아가시기 전에 본 마지막 얼굴이 되어 버렸다.

장례식 때는 아주 많이 울었다. 태어나서 가장 많이 운 것 같다. 무엇 때문에 눈물이 그렇게 많이 흘렀는지는 잘 모르겠다. 증조할머니를 더는 만날 수 없단 생각이 들어서였을까? 발인하던 날도 산소 앞에 쪼그려 앉아서 한참을 울었다. 다른 가족들보다도 내가 더 많이 울었다. 증조할머니와 추억이 담긴 물건을 태우면서 한참을 또 울었다. 매일 내가 심술부리던 화투판, 나랑 같이 받은 세례 증서도 태우면서 할머니를 그렇게 떠나보내야 했다. 매일 보던 얼굴을 다시 볼 수 있을 것 같은 느낌이 듦에도 불구하고 다시 볼 수 없었다. 정말 이제는 증조할머니를 다시 볼 수 없다는 것을 느꼈다.

장례를 치르고 집에 돌아왔지만 할머니 방 앞에는 아직도 할머니가 앉아 계신 것 같았다. TV를 보다가, 맛있는 음식을 먹다가도 할머니 방문을 바라보면 할머니가 있는 것 같았다. 한때는 증조할머니가 너무 그리워서 증조할머니가 매일 앉아 계시던 곳 옆에 앉아 쫑알쫑알 떠들어 댔다. 증조할머니가 추울까 봐 담요도 덮어 드리는 시늉을 했다. 할머니가 그 자리에 있을 수 없다는 것을 뻔히 알면서도 멍청하게 그러고 싶었다. 내가 혼자 있어야 하는 시간에는 너무 외로운 집이 되어 버렸다. 떠나실 걸 알았다면 잘해 드릴 걸 하면서 그제야 내가 정말 나쁜 손녀였음을 깨닫는다. 벌써 6년이라는 시간이 지났다.

더 속상한 건 증조할머니 얼굴이 가물가물해지려고 한다는 것이다. 평생 기억하고 싶은 얼굴인데, 힘들거나 속상하거나 기쁠 때 떠올리고 싶은 얼굴인데……. 너무 속상하다. 지난주에 시제를 지내다가 할머니가 포도를 좋아하시던 것이 생각나서 종이컵에 포도를 담아 제사상에 올렸다. 할머니가 포도를 맛있게 드시는 모습을 생각하니 기분이 좋았다. 6년이라는 시간이 지났는데도 여전히 보고 싶고 그립다. 또 그렇게 증조할머니 산소 앞에서 울어 버렸다. 잊을 수 없는 추억들이 너무 많다. 내가 감기에 걸려서 입맛이 없으면 증조할머니가 싸 주시던 양배추 쌈밥도, 유치했던 화투 놀이도 이제는 증조할머니랑 함께할 수가 없다.

증조할머니가 지난 4년간 꿈에 나오지 않는다. 무슨 일이 생긴 걸까? 너무 보고 싶은데 내 마음을 아시는지 모르시는지 증조할머니 꿈을 꾸려고 생각하다가 자도 내 꿈엔 나오시지 않는다. 보고 싶으니 꿈에라도 나와 주셨으면 좋겠다. 너무 보고 싶다. 난 이렇게 많이 컸는데 증조할머니는 손녀가 자란 모습이 궁금하지 않으신가 보다.

꿈에라도 나 보러 와 상할머니. 진짜 증조할머니한테 이 말은 해 본 적이 없는 것 같다. 상할머니 사랑해.

아빠와 보름달 배

전남 무안 남악고 서지민

22일 목요일이었다. 그날도 여느 날처럼 10시까지 야자를 하고 터덜터덜 걸어 나와 아빠가 기다리고 계시는 교문 쪽으로 갔다. 아빠가 나를 발견하시고는 아빠 특유의 웃음을 지으시며 내 쪽으로 오셨다. 그날은 아빠께서 교문에서 조금 더 멀리 떨어진 곳에서 기다리고 계셨다. 아마 집에서 늦게 출발하시는 바람에 차가 학교 앞 명당자리를 차지하지 못하고 밀려난 것 같았다. 아빠는 팔자 주름이 깊게 새겨진 얼굴에 한가득 미소를 띠시며, "가방 들어 줄까?" 라고 물어보셨다. 손은 벌써 내 가방끈으로 뻗고 계시면서 말이다. 그 모습이 조금 웃기기도 하고 아빠께 감사한 마음이 들었다.

아빠께 가방을 드리고, 나는 뻐근한 몸을 푸는 시늉을 하였다. 천천히 목을 돌리고, 어깨를 돌렸다. 그리고 배에 손을 갖다 대 보았다. 일종의 확인 같은 것이다. 배를 만져 보면 내가 그날 얼마나 음식을 먹었는지 알 수 있다. 그런데 그날따라 배가 동그랗게 만져졌다. 아마 그 안에는 그날 아침, 점심이 있고, 매점에서 사 먹은 과자도 있고, 간식으로 먹은 햄버거가 있었을 것이다. 띵띵한 보름달처럼 불룩해진 배를 보니 기분이 우울했다. 집에 가면 먹으려고 남겨 둔 고구마가 있는데, 이 동그란 배로는 죄책감이 들어 먹지 못할 것이 분명했다. 혹시 나만 동그랗게 느끼는 건 아닐까? 심지어 현실을 부정하기 시작했다. 좌절감에 비틀비틀 걷고 있으니, 옆에서 지켜보고 계시던 아빠가 걱정스러운 말투로 무슨 안 좋은 일이 생겼냐고 물어보셨다. 나는 아빠에게 다짜고짜 배를 내밀었다.

"아빠, 한번 만져 보세요. 동그랗지 않아요?"

아빠는 당황하신 듯 했지만 잠깐 배에 손을 올려 보시더니, 아니라며 걱정하지 말라고 하셨다. 나는 미심쩍은 표정으로 아빠를 바라봤지만 한편으론 그렇구나 하고 안심했다.

다음날, 학원에 가는 날이어서 나는 학교에서 바로 학원으로 갔다. 어제의 그 보름달 배는 오늘 학원 가는 길에 친구랑 아이스크림을 먹으면서 까맣게 잊어버린 것 같았다.

학원 가는 날에는 항상 12시에 수업이 끝나는데, 늘 엄마가 차로 데리러 와 주시고, 아빠는 가끔 오시거나 안 오실 때는 집에 가보면 항상 주무시고 계셔서 인사도 못 드리고 잘 때가 많다. 그때마다 아쉽지만 아빠가 요즘 많이 피곤해하시는 것 같아서 딱히 서운하지는 않았다.

혼자 오신 엄마가 오늘도 아빠는 집에서 나를 기다리다가 잠드

셨다고 하셨다. 그리고 갑자기 어제 아빠한테 배를 만져 보라고 했냐고도 물어보셨다. 엄마가 깔깔 웃으면서 물어보시기에 약간 당황했지만 그렇다고 하니 엄마가 점점 흐뭇한 미소를 지으셨다.

"아빠가, 딸이 아빠를 더 좋아한댄다. 다 큰 딸이 배도 만지게 해 줬다고."

내가 아빠를 더 가까이 생각하니까 그랬던 게 아니겠냐고 하셨다고 했다. 그땐 아빠가 그냥 당황하신 줄로만 알았는데, 아빠는 감동하셨던 거였다. 그 말을 막 들었을 때는 엄마를 따라서 그냥 웃어넘겼지만 사실 꼭 뭔가에 머리를 얻어맞은 느낌이었다. 갑자기 아빠께 너무 죄송했다. 내 사소한 행동 하나에 기뻐하는 아빠이신데, 그 사소한 일들을 해 드린 적이 없었다. 대신, 아빠한테 짜증내고 툴툴거렸던 기억들이 더 많이 떠올랐다. 왠지 내 상상 속 아빠의 등이 자꾸 움츠러드는 것 같았다. 너무 죄송하고 죄송한 마음뿐이었다.

집에 들어가서, 방에서 이불도 덮지 않으시고 잠드신 아빠를 한참 동안 보고 있다가 이불을 덮어 드리고 나왔다. 내 마음 안에서 뭉실뭉실한 것이 피어올랐다. 나는 이제 좀 더 딸다운 딸이 되기로 결심했다. 단지 부모님 말씀 잘 듣고, 얌전하고 예쁜 딸이 아니라, 가끔은 어른스럽게 다독여 드려서 놀라게 해 드리기도 하고, 조금이라도 친구처럼 기댈 수 있는 딸이 되어 드리고 싶다. 사춘기라서, 고등학생이라 예민해서 부모님이 나를 다 이해해 주신 것처럼 나도 부모님을 다 안아 드릴 수 있는 딸이 될 것이다.

엄마 아빠, 사랑해요. ♥

40대 아버지의 기타 도전

울산 효정고 박병준

때는 한 작년쯤이었을 것이다. 무더운 여름이었다. 집에서 에어컨을 틀고 자고 있었는데 아버지께서 살짝 낡아 보이는 기타를 들고 오셨다.

"이제부터 기타 연습할 것이다."라고 말씀하시는 것과 동시에 나는 코웃음을 쳤다. 그러면서 어디서 얻어 오셨냐고 여쭤 보았다. 아버지 회사가 있는 4층 건물의 4층에는 큰엄마, 큰아버지가 살고 3층에는 큰엄마의 동생이 살고 있다. 그 집에 고등학생 형이 밴드 활동을 하는 것 같았다. 그 형한테서 기타를 얻어 왔다고 말씀하셨다. 나는 일단 열심히 해 보시라고 말씀드렸지만 속으로는 많이 비웃었다. 솔직히 아침 8시에 출근하셔서 저녁 8시쯤 들어오시니까 기타 연습할 시간이 넉넉하지 않을 것 같았기 때문이다. 거기에다 우리 집은 아파트라서 10시 이후에 기타를 치면 민폐가 된다. 이런 상황을 볼 때 아마 우리 아버지의 결심도 작심삼일이 될 것이라고 예상하였다.

어느 날에는 집에 돌아와 보니 아버지가 없으셨다. 어디 가셨나 여쭤 보니 기타 교실에 가셨다고 어머니께서 말씀하셨다. 그다음 날 일어나서 아버지께 몇 시에 들어오셨냐고 여쭤 보니 새벽 1시까지 기타 연습을 하셨다고 했다. 그다음 날도 물론 그 시간에 오셨다. 아버지는 일주일에 약 3번 이상은 꾸준히 기타 교실에 가서 기타 연습을 하셨다. 한 6달 정도 지났을 때쯤, 제법 실력이 늘었을 거라는 예상과 달리 집에서 연습하시는 걸 들어 보니 영 듣기에 좋지가 않았다. 하지만 아버지는 아랑곳하지 않고 꾸준하게 피나는 노력을 하셨다.

그렇게 1년쯤 되던 날, 아버지께서는 기타 교실에서 시험을 본다고 하셨다. 나는 잘 치시기를 바란다고 말을 했지만 사실 좋지 않은 점수를 예상하고 있었다. 다음 날 결과를 들어 보니 30점을 받으셨단다. 1년을 노력했는데 고작 받은 점수가 그러했다. 솔직히 나라면 포기하고 치웠을 것이다. 그런데 이상하게도 아버지는 오히려 더 열심히 하셨다. 그 모습을 보면서 약간 의아한 마음도 들었지만 한편으로는 존경스러웠다.

기타 말고도 평소에 아버지가 음악적 재능이 참 없다고 느낀 순간이 많이 있었다. 노래방에서 노래를 부르실 때 등이다. 하지만 아버지는 당당하게 남이 뭐라 하더라도 노래를 부르셨다. 그러면서 기타도 치셨다. 마치 몸과 입이 따로 논다는 생각이 들 정도의 실력이었지만 아버지는 항상 남들 앞에서 기죽지 않고 당당하게 어깨를 펴셨다.

그런데 요즘은 기타 실력이 느셔서 '조금 하신다.'라고 느낄 때가 있다. 고등학교 공부가 힘들어 지칠 때, 40대 아버지의 지치지 않는 도전은 나에게 작은 희망이 되어 주고 있다.

기다림

부산 덕포여중 이다현

먼지가 피어올랐다. 주인 없는 빈방은 차갑기만 하다. 동생이 있을 때는 웃음소리만 나던 방이 이젠 어머니의 울음소리로 가득 채워진다. 울지 않으실 줄 알았던 아버지도 눈가가 빨개지신다. 옆에 있던 나는 두 분에게 아무 말도 하지 못한 채 거실로 나왔다. 이삿짐 사이로 현관문이 보인다. 엊그제까지만 해도 동생이 덥다며 짜증을 내며 들어왔던 것이 생각이 난다.

초인종 소리가 들렸다. 현관을 여니 이삿짐센터의 사람들이 하나 둘 들어와 짐을 실어 나른다. 이사를 굳이 할 필요가 있을까 생각하겠지만 동생이 사고가 난 지점이 집과 멀지 않은 골목이라 우리 가족 아니, 아버지, 어머니, 그리고 나는 이사를 한다. 냉장고를 들어 나르면 동생과 아이스크림을 서로 먹겠다고 싸우던 게 생각이 나고, 텔레비전을 옮길 땐 원하는 채널을 서로 보겠다며 싸운 게 생각이 난다. 왜 이렇게 좋은 추억이 없는 것 같은지. 동생을 생각하면 미안함과는 거리가 먼 소중함이 물밀 듯이 떠오른다.

어머니, 아버지가 방에서 나와 거실로 오셨다. 어머니는 슬픈 미소를 지으시며 말씀하셨다.

"너도 이제 준비해야지."

현관에서 신발을 신다 문득 뒤를 돌아봤다.

"아버지, 저 사진은 안 챙겨요?" 하며 가족사진을 가리키다 나를 저지하는 아버지의 손에 힘이 들어간 것을 느꼈다. 그러다 사진을 쳐다보니 사진 속 동생의 눈과 마주쳐 눈물이 나왔다. 어머니가 손을 끄는 바람에 집을 나왔다. 그리고 문이 닫혔다. 다시 문을 열면 동생이 서 있으면 좋겠다. 사진처럼 예쁜 옷을 입고 방긋 웃는 동생이 그 자리에서 기다리고 있으면 좋겠다.

살모사 기르기

전남 구례고 박건우

1

살다 보면 때로는 자신이 생각지도 못한 일을 하게 되는 것일까. 소름이 끼치도록 징그럽고 흉측하다고 생각했던 놈을 내가 기르게 될 줄이야. 살모사(殺母蛇). 이 얼마나 멋진 이름인가. 이제야 내가 짝을 제대로 고른 셈이다. 이 힘겨운 삶의 구렁텅이에 나를 빠지게 한 원죄는 다분히 그녀의 몫이었으니까. 내가 엄마를 미워하는 것이 참으로 당연하지 않은가 말이다. 다른 사람들의 눈에 띄지 않게 살모사 새끼 녀석과의 동맹을 잘 이어 가면 된다. 이 선택의 결과로 이 녀석을 키우는 부담도 순전히 나의 일이 돼 버렸다. 이 녀석의 자유를 구속하는 대신, 난 먹을거리를 챙겨 줘야 한다. 어쨌든 당장은 이길 수 없는 그녀를 상대하기에는 이놈을 키우는 것으로 충분하다. 내 곁에서 지내다 보면 언젠가 그 이름값을 하지 않겠는가 말이다.

나는 늘 외톨이였다. 분명 누군가 나를 따돌리기도 했겠지만, 또

래의 아이들과 친하게 지낼 수 없게 만든 것도 순전히 그녀 탓이었다. 엄마 노릇을 똑바로 했으면 이런 상황은 절대 오지 않았을 것이고, 내 생활이 이렇게 비참한 나락으로 추락하지는 않았을 것이기 때문이다. 자주 씻지 못해 몸에서 나는 역겨운 냄새, 시커먼 얼굴에서 풍기는 어두운 인상, 전혀 좋은 느낌을 주지 못하는 옷차림, 중요한 것은 어릴 적부터 사랑이라곤 받지 못해 남을 사랑하는 법을 모르는 것이다. 남들과 다정하게 이야기 나누는 법을 모르니 당연히 친구를 사귀지 못할 수밖에.

집에 가도 언제나 외톨이였던 나는 나의 무료함을 없애 줄 뭔가가 필요했다. 나비나 매미, 풍뎅이 따위의 곤충이 나의 눈에 들 리 없었다. 이들은 집 주변에 흔하게 있지만 특별하지가 않다. 나 같은 반항적 외톨이에게 이들 따위가 어울릴 수가 없지. 나는 집에 돌아다니는 쥐를 잡아 통에 넣고 관찰하자는 생각으로 쥐를 잡았다. 가까이서 보니깐 쥐는 역한 냄새도 심했고, 말로 표현하기 힘든 쥐 특유의 징그러움 때문에 잠시 혐오감에 빠지기도 했다. 하지만 뭐든지 하고 싶었던 나는 징그러운 쥐마저도 재미있는 대상으로 만들 자신이 있었다. 이거라도 하지 않으면 도대체 무엇을 하며 산다는 말인가.

쥐를 키우는 행복한 작업은 불과 며칠을 가지 못했다. 이 사태의 주인공 역시 그녀였다. 어느 날 갑자기 방에 들어온 엄마는 내게 호통을 쳤다. 이유는 간단했다. 쥐를 키우는 게 그녀의 마음에 들지 않았던 것이다. 왜 냄새나고 더러운 쥐를 키우는지 이해가 안 된다는 눈으로 나를 노려보았고, 쥐를 풀어 주지 않으면 불에 태워 버린다고 했다. 그녀가 쥐를 지독하게 싫어했던 것인지, 자식인 내가 불결한 쥐와 같이 있는 게 싫어서였든지 그 지독한 위협의 말 속에는 나를 생각해 주는 끔찍함도 빼놓지 않았다. 그녀의 위협은 나에 대한 일종의 관심일 것이며, 한편으로 내 유일한 즐거움을 한 순간에 박탈하는 일이었다. 쥐를 불에 태운다고 했지만 그것은 사실상 나를 불에 태우겠다는 말로 들렸다. 혹시 모르지. 밤에 몰래 엄마가 나를 불태울지도 모를 일이잖아. 나는 그렇게 세상을 말없이 떠나는 것이겠지. 저 차가운 얼음 덩어리 같은 그녀가 불을 피운다니, 하하하. 꽤나 흥미로운 것은 그녀가 불을 피우면 그녀를 감싸고 있는 차가운 얼음이 같이 녹아내릴지도 모를 일이라는 것이었다.

그렇게 그녀의 경고가 있은 후로 내 유일한 장난감이었던 쥐는 멀리 사라져 버렸다. 아마 다시 돌아오지 않을 듯했다. 쥐는 그녀에게 고마워하는 마음을 가질 것이고, 날 미워하겠지. 일상의 단짝을 잃어버린 허전함을 견디지 못한 나는 쥐를 대신할 것을 찾기 시작했다. 몸을 일으켜 부리나케 뒷산으로 향했다. 새로운 녀석이 나를 기다리고 있을 것 같은 좋은 예감이 꿈틀거렸다.

2

차가운 밤이었다. 꽃들이 한 줄기의 빛을 기다리며 침묵하고 있을 때 꽃의 마음을 아는지 모르는지 눈송이들은 살며시 꽃에 앉아 죽음으로 그들을 안내하고 있었다. 어긋난 공생 관계. 그것은 죽음으로 생명을 탄생시키는 일종의 주술 의식이었다. 그날도 그 주술 의식에 부름을 받은 생명 하나가 꿈틀대고 있었다. 어쩌면 그것은 나와 그녀의 원초적 갈등 관계를 여는 일이었다고 해야 할 것이었다. 나를 낳아 그녀가 힘들었나, 그녀가 나를 낳았기에 내가 힘들 수밖에 없나 하는 물음은 여전히 머릿속을 복잡하게 맴돌고 있다.

사이렌 소리가 긴박하게 울렸다. 늦은 밤, 사이렌 소리는 꽤나 큰 소음이었다. 산모가 긴급하게 후송된 곳은 인근 도시 병원의 응급실이었다. 산모의 날카로운 비명 소리에 간호사들은 산모를 안정시키느라 바빴다. 시간이 꽤 지났고, 산모가 힘을 내 봐도 아이가 나오지 않자 그녀의 남편은 불안해졌다. 산모는 점점 힘이 빠져 가고 있었고, 의사는 제왕 절개술을 권했다. 산모가 태아를 미는 힘이 약하다는 이유였다. 불안해진 남편은 순순히 그 제안에 동의했다. 얼마간의 시간이 지난 후 의사가 태아를 꺼냈고, 간호사는 탯줄을 잘랐다. 남편은 기쁜 마음에 아기를 받아 아내 옆으로 갔다. 아내에게 아기를 보여 주고 아들이라 말했지만, 아내는 지쳐버려서 웃음기 어린 기쁜 내색을 보이지도 못했다.

나는 초등학교까지는 그저 그렇게 보냈다. 그러나 중학교에 입학하면서 감정의 소용돌이에 휩싸였다. 나의 진단은 애정 결핍으로 인한 비관적인 성격 형성으로 결론이 났다. 흔히 말하듯이 먹고살기가 힘들었기 때문인 것 같기도 했지만, 어쨌든 부모는 내게 도무지 관심이라곤 없었다. 부모 몫의 가정 교육이 뒤따랐을 리가 없었다. 그래서 나는 몹시 우울해졌고, 늘 어두웠다.

엄마는 늘 내게 관심이 없었고, 항상 자기 일만 했다. 한번은 그녀에게 웃으며 다가가 보았지만, 그녀는 일하고 와서 힘드니까 건드리지 말라며 나를 밀어내었다. 그때의 차가웠던 손의 온도는 아직도 잊을 수가 없다. 내가 뭘 하든 나는 그녀의 관심과 간섭의 범주 안에 들 수 없었다. 자연스럽게 외로움이 자리를 잡았다.

관심을 보이지 않는 것은 아버지도 마찬가지였다. 아버지는 매일 그녀보다 2시간 정도 일찍 일어났다. 땡볕에 나가 농사일을 하고 있는 아버지의 모습을 보면 왜 저렇게까지 일을 해야만 할까라고 생각했다. 혹시 아버지는 차갑게 얼어붙은 그녀의 몸을 녹이려 본능적으로 저러는 게 아닐까라고 이상한 생각을 해 보기도 했다.

그녀와 내가 사이가 나빠진 건 시도 때도 없이 하는 부부 싸움 때문이었다. 말 그대로 시도 때도 없었다. 눈이 오거나, 비가 오거나, 천둥 번개가 치건 말건 둘의 싸움은 끝날 줄 몰랐다. 언성은 점점 커지고, 싸움의 강도는 거세졌다. 한번은 싸우는 게 너무 심해

서 동네 아주머니가 와서 둘을 말린 적도 있었을 정도였다. 참 부끄러울 따름이었다. 사소한 것으로 싸우기 시작하여 매일 자기들끼리 되지도 않는 욕을 하며 싸웠다. 집에 방음벽이 있는 것도 아니었다. 싸우는 소리가 매일 내 방은 물론이었고, 집 주변까지 울려 퍼졌다. 그 끔찍한 소음은 내가 잘 때까지 계속 들려왔다. 그럴 때마다 귀를 틀어막았는데, 막아도 들리는 것만큼 서러운 것도 없었다. 난 그때 이불 안에서 부질없이 숫자를 세다가, 눈물을 흘리다가 밤을 새우곤 했다. 그래도 혼자만의 방을 가지고 있다는 것은 다행스러운 일이었다.

그런데 난데없는 침입자가 나타났다. 고작 방이 두 개인 집에서 부부 싸움에 밀린 엄마가 갑자기 내 방에 들어오면서 언제부턴가 같이 자기 시작한 것이다. 그녀랑 눈을 마주치는 것도 어색한 나는 그녀랑 같이 잔다는 게 너무 싫었다. 그녀는 그녀의 방이 있는데 왜 내 방에서 자려고 하는 걸까. 나는 옆에 있는 그녀가 신경이 쓰여서 도저히 잠을 이룰 수가 없었다. 엎친 데 덮친 격으로 피곤한 듯 그녀는 코를 심하게 골아 댔다. 수면 방해. 도저히 잠을 이룰 수 없는 환경이었다. 밖에선 닭이 울고 있었다. 12시가 되면 자명종처럼 울리는 닭 때문에 12시 안에 잠을 자지 않으면 잠에 들 수가 없었다. 그렇다고 닭을 원망하진 않았다. 닭의 울음소리마저 너무 구슬프게 들렸다. 나도 흐느껴 울었다.

3

뒷산에 오르는 걸음은 가뿐했다. 혼자서도 자주 오르내리던 길, 해가 쨍쨍 내리쬐는 바람에 무척 더웠다. 산에 올라갈수록 나는 사방으로 움직이며 나의 기대감을 충족시키려 했다. 바라던 것들은 쉽사리 나타나지 않았다. 그러다가 갑자기 어디서 '쉭쉭' 하는 소리가 들렸다. 뒤를 돌아보니 아무도 없었다. 나는 그 순간 위협과 공포심을 느꼈다. 발밑에서 그 소리가 나는 걸 눈치챈 순간 본능적으로 몸을 피했다. 몸을 피해서 보니 그 곳엔 뱀 한 마리가 똬리를 틀고 있었다. 크기를 보아서는 새끼 뱀이었다. 얼마 전 담임 선생님이 독사에 주의하라고 당부하면서 어떻게 생겼는지 알려 주셨는데, 바로 그 녀석이란 생각이 들었다. 이름이 뭐였더라. 삼각형 머리에 갈색 무늬. 그렇지, 살모사. 맞아, 살모사, 흐흐흐.

선생님은 독사를 보면 바로 피하라고 했지만, 나는 엉뚱한 생각을 하고 있었다. 내 애완동물이 바로 눈앞에 있었던 것이다. 심심하고 무료한 내 생활을 달래 줄 동반자. 쥐를 내보내고 나서 맞이하는 나의 새로운 친구이며 장난감. 하지만 살모사라는 놈은 자신의 어미도 잡아먹는 뱀이라고 들었다. 집에서 키운다는 것은 상상도 못할 일이었다. 엄마가 알면 나를 정말 불태워 버릴지도 모른다. 하지만 이놈은 어미를 먹기엔 너무 작았고 힘도 없어 보였다. 데려다가 좀 더 키운다면 어떻게 될까. 그 일촉즉발의 순간에도 난

음흉한 상상을 이어가고 있었다.

나는 곧바로 주변에 있던 부러진 나뭇가지로 새끼 살모사를 제압하려고 했다. 하지만 뱀은 나를 경계했고, 잘못하면 물릴 수도 있다는 생각에 내 머리카락은 곤두서고 심장 박동은 두 배로 빨라진 걸 체감할 수 있었다. 난 준비해 온 양파 망을 뱀을 향해 던져 아슬아슬하게 머리를 잡았다. 꽤 힘들게 잡아서 그런지 일종의 쾌감마저 느낄 수 있었다. 나는 뱀의 머리를 잡고 통에 잽싸게 넣었다. 통에 들어간 새끼 살모사는 나를 아직도 경계하고 있었고, 나도 조금은 무서웠다.

나는 통을 들고 집으로 빨리 달려갔다. 혹시나 그녀랑 마주치면 어떡하지 하는 생각을 했지만, 도착해 보니 그녀는 예상했던 대로 집에 없었다. 나는 무작정 욕실로 들어가 이 새끼 살모사를 어떻게 씻길까 생각했다. 새끼 살모사한테서 기름 냄새 비슷한 역겨운 냄새가 났다. 우선 새끼 살모사를 꺼내야 하는데 손으로 꺼내기엔 위험했다. 나는 식당에 있는 나무젓가락으로 뱀의 무는 힘을 이용해 꺼내기로 했다. 비닐도 채 뜯지 않은 나무젓가락을 들이미니 생각한 대로 뱀은 나무젓가락을 물었다. 물고 놓지 않기에 나는 머리를 잡을 수 있었다. '냄새 나는 건 나랑 똑같구나.' 하며 난 조심스럽게 새끼 살모사를 물에 씻겨 줬다. 미끄러운 비늘을 씻기는 순간, 느껴지는 차가움. 긴장의 끈을 놓을 수 없었다. 세상이 싫기는 해도 내가 애완동물로 인해 생을 마감할 수는 없는 것 아닌가.

새끼 살모사를 다 씻기고 통에 넣은 다음 조용히 방으로 가져갔다. 침대에 누워서 통 안에 있는 새끼 살모사를 보니 뿌듯했다. 혼자 생각했다. '이 녀석 참 사납게도 생겼네.' 나와 함께 잠을 이룰 누군가가 생겼다는 게 너무나도 행복했다. 가만히 바라보고 있기만 해도 황홀했다. 기쁨도 잠시, 방문을 여는 소리가 들렸고, 그녀가 들어왔다. 나는 재빨리 통을 이불 속으로 숨긴 뒤 아무 일 없는 듯 천장을 바라보고 있었다. 그녀가 냉랭하게 내게 밥을 먹으라 했다. 왠지 밥까지 찬밥일 것 같은 기분이 들었다.

나는 조용히 식당으로 갔다. 식당엔 밥과 함께 아버지가 자리하고 있었다. 아버지는 내가 오든 말든 밥만 뜨고 있었다. 난 의자를 세게 뺀 다음에 숟가락을 집어 밥에 내리찍었다. 난 관심을 받고 싶었고 무슨 말이라도 듣고 싶었다. 그 순간 아버지와 난 눈이 마주쳤고 잠시 동안 어색한 시간이 흘렀다. 시선을 회피하고 차려진 밥을 먹었다. 몇 분 뒤 아버지가 밥을 다 먹고 자리에서 조용히 일어났다. 아버지는 싱크대에 밥그릇을 놓고 물을 한 컵 마신 후에 나에게 물을 떠 주면서 말했다.

"너무 엄마를 미워하지 마라. 어른이 되면 저절로 알게 될 테니까. 나도 네 나이 땐 그랬단다."

나는 그 말을 듣고 대꾸도 하지 않았다. 아빠의 뒷모습, 축 쳐져

있는 어깨를 보니 안쓰러웠다. 그러다 아버지가 떠다 준 물을 보니 내가 싫어하는 약재로 만든 물이었다. 난 한숨을 쉬며 남은 밥을 입에 넣고 있었다.

이튿날, 잠에서 깨서 기지개를 켠 다음, 비밀리에 키우는 새끼 살모사가 잘 있나 보았다. 이 녀석은 아직도 입을 벌리고 있었다. 혹시 먹을 것을 안 줘서 그럴지 모른다는 생각에 무엇을 줄까 곰곰이 생각해 보았다. 마침 우리 집엔 쥐가 많으니 먹이가 많은 셈이었다. 쥐덫을 보니 새끼 쥐 한 마리가 걸려 있었다. 바동대는 새끼 쥐를 살모사에게 가져갔다. 이 쥐란 녀석들도 한때는 내 애완동물이었는데, 지금은 새로운 강자가 등장한 셈이었다. 더군다나 내게 안성맞춤인. 나는 살모사가 든 통에 새끼 쥐를 넣어 주었다. 살모사가 쥐를 먹는 모습은 잔혹했다. 흉측한 모습에 뒤따르는 묘한 쾌감. 난 먹이를 주고 일어나 씻어야 된다고 생각했다. 몸에서 뱀과 비슷한 기름 냄새가 났기 때문이다.

욕실에 들어서자 거울이 보였다. 거울 안에는 햇볕에 탄, 갈색 피부에 여드름이 무성하게 나 있는 소년이 서 있었다. 거울을 보며 어쩐지 내가 살모사와 많이 닮았다고 생각했다. 생각해 보니 새끼 살모사는 혼자 있었으니 어미가 버렸거나 자기가 도망친 것 둘 중 하나인데 과연 어미 살모사가 새끼를 버린 것일까? 이런 생각을 한 나는 괜히 마음이 언짢았다. 나는 재빨리 고양이 세수를 하고 수건으로 얼굴을 닦았는데 수건 냄새가 좋을 리가 없었다. 어제 살모사를 잡느라 빨래를 하지 못했기 때문이다. 세탁은 엄마 몫의 일이라 생각했지만 그녀는 절대로 그런 일을 하지 않았다. 여분의 수건이 없었기에 어쩔 수 없이 냄새나는 수건으로 닦았다.

불쾌하게 세수를 마친 나는 목이 말라서 정수기를 찾았다. 정수기를 보니 정수기 물탱크에 차 있는 물의 색깔이 심상치 않았다. 그것은 마치 마녀가 마법의 약을 만들다 실패해서 검게 타버린 액체 같았다. 사실 이것은 분명 그녀가 약재를 달여서 만든 물일 것이다. 어릴 때 엄마가 약물을 억지로 먹여 많이 토를 했었다. 그게 지금까지 트라우마로 남아 아직도 약물을 잘 먹을 수가 없다. 냄새만 맡아도 구역질이 나 정말 싫다.

내가 약물을 싫어하는 것을 알면서도 그녀는 매주 약물을 끓이고 있다. 나를 생각하지 않는 건 상관없었다. 이미 이런 생활에 익숙해져 있기 때문이다. 하지만 정수기는 모두가 쓰는 것인데, 왜 자기 생각만 하는지 도무지 이해할 수가 없었다. 나만 싫어하는 것일 수도 있으니 내가 이기적인 건가. 결국 시원한 물을 포기하고 난 수돗물을 틀었다. 그러나 틀어도 나오지 않는 수돗물에 화가 머리끝까지 솟았다. 예상치 못한 상황에 그저 그녀가 더 미워질 뿐이었다. 그녀는 내게 있어서 악일 뿐이었고, 도움이 되지 않는 여자인 것이다.

나는 목이 말라 도저히 참을 수 없었다. 어쩔 수 없이 약물을 먹어야 했다. 냄새는 예상한 대로 좋지 않았다. 난 코를 막고 약물을 한 모금 마셨다. 도저히 참을 수 없는 맛이었다. 그 순간 이승과 저승을 넘나드는 황천길이 눈앞에 아른거렸다. 난 그대로 싱크대로 향했고 구토를 했다. 입엔 계속 그 약물의 맛이 돌아 구역질이 났다. 배도 고프고 구역질을 너무 많이 해서 머리가 아파 오며 힘이 빠진 난 그대로 쓰러졌다.

몇 시간이 지난 후에 정신이 들었다. 땀에 젖은 침대에서 곧바로 일어났다. '왜 내가 침대에 누워 있지?' 라고 생각하는 순간 갑자기 문이 열리는 소리가 들렸다. 그녀가 들어온 것이었다. 그녀는 나를 바보 같다는 시선으로 보았다. 그녀가 들고 온 것은 밥, 반찬 그리고 생수 한 컵이었다. 쟁반을 침대에 놓으며 머리를 한 대 쥐어박았다. 그러면서 하는 말이 '왜 주방에 쓰러져 있냐?' 였다.

분노가 머리끝까지 치밀어 올랐지만 먹을 것을 챙겨 온 지금은 화낼 상황이 아니어서 조용히 수저를 들었다. 밥을 한 숟갈 떠서 입에 넣으니 마음을 진정시킬 수가 있었다. 그녀는 밥 다 먹으면 설거지하란 말을 남기고 방을 나갔다. 과연 그녀는 내게 무엇을 잘못한 것일까. 그녀에 대한 미움이 괜히 눈물샘을 자극해서 눈물이 흘러 내렸다. 슬퍼서 우는 것이 아니었다. 그저 그녀가 미워서 눈물이 나왔다.

4

착잡한 마음에 가방 정리를 했다. 학교도 싫었지만 그녀와 함께 지내는 공간보다는 나았다. 학교에는 여러 가지 풍경이 있었다. 공부만 하는 우등생, 남을 괴롭히는 일진, 그리고 나처럼 친구 없이 방황하는 애. 여러 종류의 계급이 형성돼 있었고 모두 각자의 개성을 지니고 존재했다. 입이 찢어질 듯 웃으며 친구를 잡으려 애쓰는 학생, 끝이 보이지 않는 대화를 하는 여학생, 매일 잠만 자서 선생님한테 혼나는 학생, 집이 어려워 옷이 낡고 밥을 먹지 못한 듯 힘이 없어 보이는 빈곤한 학생. 하지만 어디에도 엄마가 싫어서 세상에 싫증이 난 애는 없어 보였다. 나도 그 무리에선 꽤 개성 있는 학생이었다. 매주 반복되는 수업은 당연히 지루했고, 그 지루함을 잘도 버티는 애들을 보면 참 대단하고 신기했다. 난 도무지 수업을 무슨 재미로 듣는지 이해가 안 됐다. 이런저런 생각을 하다가 난 잠이 들었다.

깜깜한 어둠 속에서 무엇인가 나를 옥죄고 있었다. 벗어나려 몸부림을 칠수록 더 꽉 조여지는 몸이 너무나 답답했다. 나를 조이고 있는 것은 내가 키우고 있는 새끼 살모사였다. 점점 숨이 막혀왔고, 살모사는 내 머리부터 삼키려 했다. 그 순간 난 잠에서 깼다. 내가 깨어났을 땐 수업은 물론 담임 선생님의 종례까지 끝난 상황이었다. 역시나 담임 선생님도 나에겐 관심이 없었다. 하지만 상관

없었다. 엄마조차 관심을 주지 않는데 선생님이 관심을 줄 것이란 기대는 하지 않았기 때문이다.

나는 하교한 다음 살모사에게 먹이를 주기 위해 빨리 달려갔다. 점점 집에 가까워질수록 난 살모사가 어떻게 지내고 있을까 너무 궁금했다. 대문을 허겁지겁 열고 들어가 침대 밑에 있는 살모사를 보았다. 힘찬 모습을 기대했건만 살모사는 힘이 없었다. 먹이는 일주일에 한 번씩 줘도 된다고 들었다. 그래서 먹이가 문제는 아니라고 생각했다. 나는 자연에서 살다가 갑자기 좁은 곳에 있어 적응이 되지 않는 것 같다고 생각했다. 새끼 살모사는 공간이 너무 좁아 어쩔 수 없이 똬리를 틀고 있을 수밖에 없었다. 그것은 엄연한 내 잘못이었다. 내 욕심을 참지 못해 자유를 빼앗다니 너무나 가혹한 일이었다. 하지만 엄마에게 당하고 있는 나에 비하면 아무 것도 아니었다. 고독이란 방에 가둬진 채 살갗 깊숙이 가시가 파고 드는 듯한 고통은 아마 새끼 살모사도 모를 것이다.

이튿날, 나는 아무 생각 없이 학교로 향했다. 부슬부슬 내리는 비가 옷에 스며들었다. 비와 내가 한 몸이 되어 걷는 기분이 좋았다. 난 우산을 접고 비를 받아들였다. 잿빛 하늘 아래 큰 잎을 펼치고 있는 플라타너스가 좋아 보였다. 비를 맞는 순간에 나는 독백했다. '이것은 신이 나에게 내리는 동정의 눈물이야.' 난 기분 좋게 비를 맞고 학교로 향했다. 사람들이 마냥 분주했다. 무엇을 준비하는 듯 빠르게 움직이고 있었다. 오늘이 어버이날이란다. 난 어버이의 은혜를 모르기에 그런 기념일을 알지도 못했고 챙길 리도 없었다. 다들 어버이를 섬기는 듯 분주하게 움직였지만, 그들도 분명 나와 같은 갈등 관계를 지니고 있을 것이라고 믿는다. 그래서 오늘 같은 기념일에 갈등을 풀고 용서 받을 마음으로 저렇게 열심히 준비하는 것이겠지. 이런 생각에 골몰하고 있을 때쯤 담임 선생님이 나에게 와서 말한다.

"어버이날 선물을 만들어서 집으로 보낼 거야. 학교 전통이기에 너도 의무적으로 해야만 해. 공부는 안 해도 이것만은 꼭 해야 하니 다 만들면 내게 가져와."

담임 선생님은 그렇게 자기 용건만 말하고 이내 사라졌다. 어버이에게 선물을 준다는 것은 대체 무슨 의미일까. 어버이에게 선물을 받은 적도 없는 내가 왜 먼저 호의를 베풀어야 하는 것일까? 나는 뭘 만들어야 할지 몰라 꽤나 난감했다. 아이들을 보니 카드를 만드는 것 같았다. 카드는 종이로 만들어져서 불에 타기 딱 좋은 재료인 것 같다. 아마 내가 카드를 만들어서 보낸다면 하늘이 잿빛으로 물들겠지. 딱 우리 집에 어울리는 풍경이 아닌가 싶었다. 난 그 풍경을 보기 위해 카드를 보내기로 결심했다. 우선 무슨 명목인지는 밝혀야 하니깐 어버이날 선물이라고 적어 두긴 했다. 중요한 것은 그 안의 말인데, 도대체 엄마나 아버지한테 무슨 말을 해야 할지, 도저히 감이 잡히지 않았다. 난 내가 키우고 있는 살모사와 관련된 말을 적으면 어떨까 생각했다. 그래서 난 눈빛이 무서운 생물 선생님한테 가서 살모사에 대해 자세히 물어보았다. 생물 선생님 말씀을 정리하면 이렇다. 살모사는 난태생이며 고양이형 눈을 가졌고, 그 눈이 사방으로 움직인다. 독니를 이용하여 맹독을 주입시켜 먹이 사냥을 하는 독사이다. 살모사의 독만으로 사람이 죽지는 않지만 쇼크사의 원인이 될 수 있다. 살모사가 어미를 죽인다는 속설이 있는데 그것은 진짜가 아니다. 어미가 지쳐 쓰러져 있는데 새끼가 태어나는 모습이 어미를 죽이는 것 같다고 하여 살모사라는 이름을 가지게 된 것이다.

들어 보니 꽤나 불쌍한 놈인 것 같았다. 어미 때문에 살모사라는 이름을 갖게 되다니 너무 잔혹했다. 결국 어미가 지쳐 쓰러져 있어서 그런 누명을 뒤집어쓰게 된 것이 너무나도 안타까웠다. 나는 어버이날 카드에 살모사에 대한 정보를 쓰고 마지막엔 이렇게 썼다.

'맹독이 있으므로 각별히 주의하시기 바람.'

어버이날 카드를 만들어 선생님에게 갖다 드리고 조용히 교실로 돌아왔다. 왠지 뿌듯한 느낌이었다. 이런 생각도 들었다. 그걸 보면 과연 엄마와 아버지는 뭐라 말씀하실까. 과연 내가 준 선물을 불에 태울 것인가, 아니면 나를 불에 태울 것인가. 나는 꽤나 즐거운 마음으로 집으로 걸어갔다.

5

그런데 이게 무슨 일인가. 집 앞엔 구급차가 와 있었다. 어떤 일로 왔나 궁금해서 안을 봤더니 다름 아닌 그녀가 누워 있는 것 아닌가. 그 순간 나는 갑작스런 동정심으로 슬픈 표정을 지었다. 무슨 상황인지는 몰라도 그녀가 아주 고통스러워하고 있다는 것만은 확실했다. 묘한 기분이 들었다. 나는 옆에 있던 구급 대원에게 어떻게 된 일인지 물어보았다. 구급 대원은 엄마가 청소를 하다가 살모사에게 손가락이 물려 독이 퍼지고 있는 중이라고 했다. 어쩌면 내가 기다려 왔던 일인데. 나는 무거운 마음으로 누워 있는 그녀를 보고 난 뒤 집으로 들어가 버렸다. 지금 당장은 그녀를 보기 싫었기 때문이다.

방에 들어가 가방을 내려놓은 뒤 침대로 향했다. 갑작스런 일에 조금은 충격을 받았는지 다리에 힘이 풀려 갈대가 쓰러지듯 침대에 쓰러졌다. 혼란스러웠다. 여태껏 살면서 그녀에게 받은 것은 딱히 없었다. 하지만 준 것도 없으면서 사랑을 받으려 한 나의 끝없는 이기심이 싫었다. 내가 키우던 살모사는 정말 그녀를 죽이려는 의도로 물었을까. 혹시 그녀의 차가운 모습이 싫어 따뜻한 입맞춤을 해 주려고 한 발짝 다가선 것은 아닐까. 하지만 그녀의 막연한 반응에 고독이란 독을 품고 홧김에 문 것이 아닐까. 여러 생각이 내 표정을 찡그리게 했다. 다만 또 하나의 고통이 나를 향해 시나 브로 다가오고 있었고, 영원히 지속될 그 고통은 신이 내게 내리는 운명의 장난이 아닐까 싶었다.

몇 시간 후, 난 엄마가 있는 병원으로 갔다. 그녀 옆에 있어도 할 수 있는 게 없었다. 할 수 있는 게 있다면 아마 그녀에게 보복 당하는 것이라고 생각했다. 그녀는 아마 방 청소를 하다 내 살모사를 발견했을 것이다. 그 순간 그녀는 얼마나 놀랐을까. 거기다가 이 징그러운 놈에게 물리기까지 하다니. 난 이제 영원한 고통 속에서 살아야 할 것이다.

하지만 예상과 달리 그녀는 나를 복수심에 찬 눈으로 바라보지 않았다. 그녀의 얼굴을 살폈다. 찬찬히 보니 그녀의 얼굴도 피부가 괴사된 손만큼이나 거칠었다. 손을 보는 순간, 난 속으로 중얼거렸다. 엄마는 이 지경까지 됐는데 난 지금까지 불평만 늘어놓았구나.

난 아버지를 불러 엄마와 같이 약속했다.

"이젠 절대 싸우지 말고 평화로운 가족이 되었으면 좋겠어."

그녀와 아버지는 평소 같지 않게 멋쩍은 웃음을 보였다. 나도 어색하게 웃었다. 그때 이런 생각이 들었다. 이제 와서 갑자기 화해라니, 너무 어처구니가 없지 않은가 말이다. 생각해 보면 엄마가 물렸다는 건 내가 키우던 살모사가 도망쳤다는 소리다. 쥐에 이어 살모사도 엄마 덕분에 탈출했으니 살모사는 엄마에게 감사하는 마음을 가질 것이고, 나는 또 원망과 미움을 받겠지. 난 죽을 때까지 미움을 받는 인생인가 보다. 오늘 일들이 머릿속을 스쳐 가는데 참으로 어색한 일들뿐이라는 생각이 들었다.

며칠 후, 좋지 않은 소식이 들렸다. 새끼 살모사에게 물린 엄마의 손등, 손바닥이 벌겋게 부어오르다가 시꺼멓게 되면서 팔까지 부어오르고 있다는 것이었다. 그녀는 괜찮다는 듯이 애써 태연한 척했지만, 그 눈동자는 방울뱀의 꼬리마냥 떨고 있었다. 나는 다음날 학교 등교를 이유 삼아 도망치듯 병실을 나왔다. 병원 밖으로 나온 뒤 난 아무 말 없이 길을 걸었다. 차도를 보니 라이트를 켠 차들이 꽤나 빠르게 달리고 있었다. 스치는 바람에 눅눅한 흙냄새가 더해져 내 코앞을 지나가는데 아늑하다고 느껴졌다.

이 긴 싸움은 언제나 끝이 날까. 엄마의 몸에 독이 더 퍼져 가겠지. 영원히 해독이 되지 않을 수도 있겠지. 어쩌면 새끼 때문에 그 어미 살모사가 죽는 건 둘 사이의 가혹한 숙명일지도 모른다. 가끔씩 비치는 자동차 불빛에 자욱한 안개가 희뿌연 모습을 드러냈다. 난 끝이 보이지 않는 어둠 속으로 천천히 걸어갔다.

2

소파의 틈

일상 · 사물

예전에 잃어버린 사소한 추억이나 미련 나부랭이들이 뒤덮인 것들을
어둡고 깊은 틈 사이에서 토해 내는 소파를 보면 나는 많은 생각이 든다.
– 충남 홍성여중 **장현민, 「소파의 틈」** 중

섬물

경기 김포 금파중 한가인

나는 지금까지도 선물을
'섬물'이라 부른다

다른 사람들은 내가
섬물이라 할 때마다 비웃지만
나는 마치 원래
선물이 선물이 아닌
섬물로 불렸던 것처럼

내가 섬물이라 부를 때마다
나는 그 아이가
생각이 난다

어릴 적, 그 아이가

세상에서 가장 밝은
웃음을 지으며 주던
선물 상자

그 위에 하트 모양으로
붙어 있던 색종이
그 위에 삐뚤삐뚤한
글씨로 쓰여 있던 말
'섬물'

시 쓰기 어렵네

서울 월촌중 박기웅

아름다운 말들을 생각해 보고
창의적인 단어들에 도전해 보고
그럴싸한 말로 포장도 해 보고
남의 시집도 살짝 들춰 보고

아파트 담벼락 사이로 난 나무들 사이를 걸어도 보고
학교 가는 길에 난 조그만 들풀을 유심히 살펴보고
자전거를 타고 한강을 냅다 달려 보고
공원 벤치에 앉아 지나가는 사람들을 쳐다보아도

시 쓰기 어렵네

잠깐 작별

제주중앙여고 정윤정

나무에 꼭 붙어 있으면서
살랑살랑 흔들리던 단풍잎들이 떨어진다
단풍잎들을 지키지 못했다고
미안해하는 나무

그게 아니야
너의 홀로서기를 위해
잠시 떠나 주는 거야
철저히 홀로 버텨 내
따뜻한 봄날 찬란한 꽃 피우길

벚꽃

서울 용문고 조재호

아무 생각 없이
길을 걷다

분홍색 꽃잎이
마치 천사처럼

마치 나비처럼
내 주변을 맴돌아

나의 시선을
맴돌게 한다.

풍선

서울 난우중 이현명

풍선은 크고 작음에 상관없이

작은 바늘에 터진다.

인간도 덩치에 상관없이

작은 상처에 고통받는다.

오늘도, 무심코 던진 너의 말에

내 마음이 상처받는다.

내 마음은 실내화

서울 수유중 심진호

시험 기간 동안 공부하느라
생각하지 못했다
새까맣게 더러워진 실내화
엄마가 실내화를 보시더니
충격을 받으셨는지
말을 잇지 못하신다

얼른 나는 물티슈 2장을 꺼내서
열심히 닦는 척 닦는다
그나마 전보다
깨끗해진 실내화를 들고 학교로 갔다

하지만 시험을 치기도 전에
하얀 내 실내화처럼

내 머릿속은 새하얘진다
45분이 4.5초처럼 지나간 시험 시간

눈으로 실내화를 살짝 보니
어느새 새까매진 내 실내화
점수가 나오기도 전
까만 실내화처럼
내 머릿속은 새까매진다

날개

전북 정읍고 서민경

내 겨드랑이 사이에
날개가 돋았다

뽑으려고 해 보았다
아프다, 안 뽑힌다

내 유년기의 상징은
굳센 의지를 갖고 있다

고난과 역경을 이기고
꿋꿋하게 버티고 있다

이겨 내야 하는 일들
힘들다고 아프다고

거부하는 나는

내 '겨털'이라도
본받아야겠다

라벤더에게

부산 데레사여고 조성희

어리고 예쁜 보랏빛
특유의 진한 향기
사내에게 닿기도 전에
한마디 말 못하고 사라진

그 애달픈 설움을 누구라고 알아줄까

천둥소리 놀라도 피할 곳 없고
파도 같은 바람 부니 버틸 수 없어
무섭고 서러워라 울부짖지만
매정한 비바람 눈물 훔칠 뿐

그 말 못할 상처를 누구라고 안아 줄까

짓이겨진 라벤더는 피멍이 되고
고약한 물비린내에 섞여
짙디짙은 향기마저 잃어버리니
자신을 사랑하지 못하는 라벤더에게

그 누군가는 용서를 빌어야지

오랫동안 닫아 왔던 입을 떼고
활짝 피지 못한 채 낙화하여
지금껏 피멍으로 물든 삶을 살게 하여
더없이 미안하다 용서를 빌어야지

아직도
'나에게 말해 주세요' 외치는
슬픈 꽃말을 지닌 침묵의 라벤더에게

골목길

경기 안산 신길중 김영채

집과 집 사이 벽과 벽 사이
사람 한 명 지나갈 정도의 좁고 작은 길
도시든 시골이든 좁은 건 똑같은 길
높은 벽에 가려져 보이지 않는 태양
하늘을 바라보니 보이는 건 새파란 도화지

문과 문 사이 담과 담 사이
길 고양이 한 마리가 익숙한 듯
지나가는 크고 넓은 길
아침이든 밤이든 어두운 건 똑같은 길
그늘에 가려져 보이지 않는 바닥
땅을 바라보니 보이는 건 새까만 색종이

누구에겐 좁고 어두운 길

누구에겐 넓고 밝은 길

누구에겐 집이 되고 지름길이 되는 길

고양이가 많은 길

그네에서

강원 원주금융회계고 김민영

날 좋은 날
그네가 흔들흔들.

그네가 올라갈 때 당신 생각.

둥근 원 위에서 돌고 도는 당신과 나.
우리가 호AB로 이어져 있다면
내가 어디에 있든
당신을 향한 마음의 크기는
항상, 같을 텐데.

둥근 원 위에서 돌고 도는 당신과 나.
우리가 호AB로 이어져 있다면
당신이 어디에 있든

나는 뒤에서 따라가며 당신을
항상, 받쳐 줄 텐데.

당신은 어떨까.

날 좋은 날
그네가 흔들흔들.

그네가 내려갈 때 당신 생각.

당신과 나의 마음의 크기를
나눌 순 없을까.
마치 공평한 분배 법칙처럼.

당신이 내게 느끼는 감정의
최빈값은 무얼까.
당신이 내게 느끼는 사랑의
최댓값은 얼마만큼일까.

당신과 나는 어쩌면

전혀 다른 존재이겠지만
나는 당신과 한 원 위에 있고 싶어.
불가능하다면 서로가
켤레 복소수가 되어
나란히 실수가 될 수도 있는 거잖아.

당신은 어떻게 생각해?

날 좋은 날
그네가 흔들흔들.

그네에서 흔들거리며 당신 생각.

시조 짓기

충남 태안고 김지민 외

온 세상에 하얗게 뿌려지는 눈가루
쌓여 가는 눈 위를 걸어가던 내 모습
지나온 발자국들을 돌아보니 내가 없다

_김지민, 「지우개」

초승달 바나나 빛 상현달 만두의 빛
보름달 부침개 빛 달 뜨면 생각나는
여러 개 맛난 모양들 야식 생각 확 드는 밤

_김시연, 「달 = 야식」

소파의 틈

충남 홍성여중 장현민

거의 모든 집 거실에는 소파가 있다. 어린아이들도 어른도 할아버지도 거실의 포근한 소파에 앉아 휴식을 취한다. 가족 모두가 모여서 영화를 보거나 이야기를 하고, 가끔씩은 침대로도 쓴다. 소파는 많은 사람이 쓰는 친밀한 가구이다.

하지만, 가끔 나에게 그 소파가 무지 미묘하게 보일 때가 있다. 어렸을 때 처음 핸드폰을 산 지 몇 달 만에 잃어버린 적이 있었다. 이불 속에도, 책상 밑에도, 심지어 냉장고 속에도 찾아보았지만 어디에서도 찾을 수가 없었다. 체념하고 지내던 와중에 한 2~3년 후엔가 원래 거기 있었다는 듯이 먼지를 잔뜩 뒤집어쓰고 있는, 잃어버렸던 그때 그대로의 핸드폰을 찾게 되었다. 할아버지가 소파를 정리하시다가 소파의 틈에서 찾으신 것이다. 그 후부터 나는 물건을 잃어버리면 소파의 틈 사이에 손을 넣어 뒤적여 본다. 그러면 잃어버렸던 물건이 먼지를 퀴퀴하게 쓴 채로 종종 나오는 것이다. 검은색 TV 리모컨, 생일 선물로 받은 나무로 된 도토리 모양 핸드폰 장식, 먹다가 입 밖으로 떨어져 버린 시리얼 조각은 물론이고 가끔은 돈도 종종 나온다.

예전에 잃어버린 사소한 추억이나 미련 나부랭이들이 뒤덮인 것들을 어둡고 깊은 틈 사이에서 토해 내는 소파를 보면 나는 많은 생각이 든다. 이 틈 사이에 어떤 수상한 나라 같은 것이 있지 않을까? 소파 밖의 사람들 물건을 아무도 모르게 슬쩍 가져가서 주인이 체념하고 잊어버릴 때까지 쓰다 내버리는, 옷장 속에서 살그머니 나와서 어둠을 무서워하는 어린이들을 놀라게 하는 괴물들이 나오는, '몬스터 주식회사' 같은 그런 곳 말이다. 어쩌면 소파 틈만 아니라 안 보이는 곳 어디든 소파만큼이나 무지 많은 곳에 그런 수상한 나라가 있을지도 모른다.

나는 지금 작은 모란 앵무새 한 마리를 키우고 있다. 밥으로 작은 알곡이나 소면, 해바라기 씨 같은 것을 먹는 귀여운 놈인데, 나는 마루(앵무새)에게 장난감으로 나무 구슬이나 새로 꺼낸 이쑤시개를 주고, 갈색 종이끈으로 매듭을 지어서 주기도 한다. 그런데 때때로 마루가 못 보던 장난감을 가지고 놀고 있거나 또 내가 모르는 곳에서 모이를 찾아내서 주워 먹는 것을 볼 때가 있다. 그럴 때면 나는 소파의 틈에 사는 것들을 다시 생각해 보게 된다. 우리에게는 보이지도, 들리지도 않지만 진짜 있을지도 모른다. 작은 사람. 단지 너무 작아서 쪼끄만 마루나 볼 수 있을 지도. 마루도 소파의 틈

속 수상한 곳에 어쩌면 가 보았을 수도 있을 것이다. 아마 내가 모르는 사이에.

얼마 전에도 좋아하던 열쇠고리랑 음악이 잔뜩 들어 있는 CD를 잃어버렸다. 책장 사이의 종이 상자 속, 옷장 안의 철 지난 옷을 담아 두는 곳 사이까지 찾아보았지만 아무 데도 없었다. 그럴 때면 문뜩 소파의 틈이 다시 생각난다.

'거기에 사는 마루보다 작은 사람이 가지고 갔을 거야.' 하고 생각을 하다 보면, 어느새 잃어버린 물건을 다시 찾을 수 있을 것 같다는 믿음이 생긴다.

운수 나쁜 날

서울 동북중 이태인

오늘도 알람이 울어 댄다. 7시 30분일 것이다. 둔하고 나태한 몸을 들어 잠자리에서 일어날 참에 침대가 나를 붙잡는다.

"오늘은 나가지 말아요. 제발 집에 붙어 있어요. 내가 이렇게나 아늑한데."

나는 말한다.

"에이, 오라질 것! 잠버릇은 어쩔 수 없어. 자서 병, 못 자서 병, 어쩌란 말이야! 왜 내 눈은 바로 떠지지를 않아!" 하고 이불을 걷어찬다.

"나가지 말라두 그래, 그러면 일찍이 들어와서 다시 주무셔요."

무시한다.

이윽고, 나는 결심하고 세안을 하러 화장실에 들어간다. 차갑다. 정신이 화-악 깨다 못해 어리벙벙하다.

'내가 지금 무엇을 하고 있는가?'

일가일초가 아까운 나에게는 그저 스쳐 가는 생각뿐이다. 옷을

입고, 가방을 싸고, 혹시나 하는 마음에 문자라도 왔나 핸드폰을 한번 들여다본다. 이 일을 계속 반복한다. 무념무상(無念無想)인 상태에서의 나는 더 이상 내가 아니게 된 것이다. 수저를 든다. 무겁다. 도저히 입맛이 없어 음식이 목구멍에서 넘어가지를 않지만, '밥 안 먹으면 학교 못 가!'라는 한마디가 내 귓속을 맴돈다.

준비를 하고 등교하려는 찰나, 이번엔 자전거가 말썽이다. 이 고약한 놈이 어디서 무슨 일을 겪었던 것인지 바퀴 하나에 바람이 고만 없는 것이다. 시간은 40분에 임박하고, 이놈까지 말썽인 것이다.

'망했다, 망했어, 오늘은 기어코 일이 생긴 게야.'

나는 다급히 학교를 향해 한시도 쉬지 않고 뛰어간다. 35분. 초등학교 옆을 지나가니 햇병아리 같은 아이들이 활기찬 모습으로 수다를 떨고 있는 모습이 눈앞에 아른아른하다.

37분. 시간이 점점 흐르고 숨이 턱 끝까지 차오른다.

'여기서 포기할까.'라는 생각은 무서운 생활 지도부장 선생님을 떠올리자 '차마 그건 못하겠다.'라는 울음 섞인 한숨으로 바뀐다.

39분. 이제 거의 다 왔다. 나는 살았다.

학교 계단. 나는 온 힘을 다해 마지막 교문을 향해 젖 먹던 힘까지 쥐어짜 계단을 오른다. 내심 온갖 생각을 다 한다.

'지각하면 어쩌지?'

'벌점을 받는 건 아닐까?'

'선생님에게 밉보이면 어쩌지?'

별의별 생각을 다하며 계단을 올랐다.

어째 학교가 한적하다. 복도에 들어서니 고요하다. 뭔가 이상한 낌새를 느낀다. 본능적으로 핸드폰을 꺼내어 시간을 확인해 본다.

8시 40분이 아닌 7시 40분.

지금 현재의 내가 느끼고 있는 허망함과 상실감은 말로 다 표현할 수 없을 것이다. 이때 그놈 목소리가 나를 놀리는 듯 다시 들린다.

'오늘은 나가지 마요, 제발 집에 붙어 있어요. 내가 이렇게나 아늑한데…….'

학교에는 사람 한 명 보이지 않는다.

'엠병, 잘 잠이라도 더 잘 걸. 반에 들어가서 눈이라도 붙여야지.'

그러고는 반에 들어가 잠을 청한다.

"이 난장 맞을 것, 눈을 감았는데 오지도 않아, 이 오라질 것."

아무리 잠을 청해도 잠이 오지를 않는다.

"이것아, 졸기라도 해! 평소 수업 시간엔 그렇게 졸기를 좋아하더니만 오늘은 전혀 하질 못해. 이 오라질 것!"

"……"

"으응, 이것 봐, 아직도 졸리지가 않네."

"……"

"이것아, 잠이 벌써 다 깼단 말이냐, 왜 졸리지를 않어?"

"……"

"으응, 도무지 눈을 감고 엎드려 있어도 잠이 안 오네, 정말 다 꼈나 버이."

"엎드려 눈을 감았는데 왜 잠이 오지를 않니, 왜 피곤하지를 않아. 괴상하게도 오늘은! 유난히 피곤하더니만……."

잠시 후 문을 덜컥 열고 친구들이 한 명씩 한 명씩 들어온다. 아무래도 잠을 더 자긴 글렀다.

* 이 작품은 현진건의 「운수 좋은 날」을 패러디하였습니다.

재래시장의 추억

충북 충주 산척중 김현지

어렸을 때 나는 엄마와 함께 종종 재래시장에 가곤 했다. 텔레비전을 보며 뒹굴뒹굴하다가도 엄마가 "시장 가자."라고 말하면 재빨리 옷을 갈아입고는 강아지처럼 엄마를 졸졸 따라다녔던 기억이 난다. 한참 버스를 타고 가야 했지만 재미있었던 추억이 새록새록 떠올라 기분 좋은 웃음을 지으며 버스를 탔다.

시장 사이사이를 돌아다니며 여러 가게들을 구경하고 장을 볼 때면 나의 두 눈은 항상 호기심으로 반짝 빛이 났다. 무서운 눈빛으로 생선을 노리던 고양이들과 생선을 지키며 장사를 하시는 아주머니의 모습, 과자 묶음을 싸게 팔던 모습, 시끌벅적한 와중에도 서로에게 웃음을 잃지 않던 시장 사람들의 모습들이 신기하기만 했다.

지금도 나는 가끔씩 재래시장에서 있었던 추억 하나하나를 오래된 사진첩을 보듯 꺼내어 본다. 옛날에 우리 엄마는 약간 짠 구석이 있었던 것 같다. 무엇 하나라도 사려 할 때면 조금 더 가격을

깎기 위해 흥정을 하기도 하고 고기나 생선을 살 때는 어김없이 "좀 더 주세요."라고 말하였다. 그런 말을 할 때마다 아저씨와 아주머니들은 "아따, 우리는 뭐 땅 파서 장사하는 줄 아슈?"라며 안 된다고 했지만 엄마는 전혀 개의치 않는다는 듯이 계속 조르곤 했었다.

나는 아주머니와 우리 엄마가 말하는 것을 강 건너 불구경하듯 쳐다보기도 했고, 엄마의 옷자락을 잡곤 멍하니 있기도 했다. 내가 항상 엄마의 옷자락을 붙들고 아주머니를 쳐다볼 때면 아주머니는 그런 나의 모습을 쳐다보시고는 "애를 봐서 더 주는 거요."라고 말하며 덤을 주기도 하셨다. 그럴 때마다 우리 엄마는 승자의 웃음을 띠며 좋아하셨는데, 그 모습이 아직까지 나의 머릿속에 생생하게 그려진다.

엄마는 시장에 들를 때마다 기분 좋은 일이 있을 때면 시장 구석에 있는 해장국집으로 나를 데려가시곤 했다. 비록 요즘의 으리으리한, 마트에 위치한 음식점같이 좋은 환경은 아니었지만 따뜻한 인심으로 김이 모락모락 나던 뼈해장국의 맛을 나는 아직도 잊지 못한다.

왠지 모르게 따뜻하면서도 정겨운 해장국의 냄새에 나는 마치 많이 먹어 본 사람처럼 뚝딱 한 그릇을 먹어 치우곤 했다. 주인아주머니께서는 그런 나의 모습을 보시고는 흐뭇하게 웃으시며 맛있는 고기가 붙은 뼈를 덤으로 주시곤 하셨는데, 나는 그런 시장 분들의 인심이 주는 포근한 느낌이 좋아 지루한 버스 길에도 불구하고 엄마를 쫄래쫄래 따라다녔다.

지금은 내가 중학생이 되고 엄마도 바빠져서 편리함을 추구하다 보니 대형 마트를 더 자주 이용한다. 엄마의 짐꾼이 되어 따라간 대형 마트는 건물도 으리으리하고 시설도 좋아 보였다. 하지만 입구에 들어설 때 '떼창'을 하듯 "어서 오십시오!", "즐거운 쇼핑 되세요!" 하며 소리치는 소리가 나의 귓가에 파고들 때면 나의 몸은 흠칫 떨린다. 포근함이 사라진 기계적인 인사가 절로 눈살을 찌푸리게 한다. 그럴 때마다 재래시장 아저씨와 아주머니들의 시원시원한 웃음들이 떠올라 괜스레 대형 마트에 발을 들인 것에 죄책감이 들기도 한다.

대형 마트를 돌 때마다 터져 나오는 직원들의 어색한 인사에 나는 금세 또 재래시장을 떠올려 버린다.

"고객님, 이것 좀 드셔 보세요."

카트를 밀던 엄마를 붙잡고 세일이니 뭐니 하며 꼬드기는 직원들의 모습과, 인정 가득 "싸게 해 줄게!" 하며 엄마와 즐겁게 대화를 나누시던 시장 아주머니의 모습이 참 비교된다고 생각했다. 먹을 것을 살 때면 나를 보시며 잘 크라고 항상 덤을 슬쩍 넣어 주시던 모습들이 마트 직원들의 모습과 오버랩되자 참 서글펐다.

내가 살던 세계가 아닌, 다른 새로운 세상으로 온 것 같은 어색함을 느끼며 나는 계산이 빨리 끝나기를 기다렸다.

"삐빅, 삼만 오천 원입니다."

딱딱한 멘트가 울리고 카드로 계산을 한 후 엄마와 밖으로 나왔다. 딱히 산 것도 없는데 이렇게 비싸다니 눈을 크게 뜨고 영수증을 바라보았다. 같은 물품을 재래시장에서 구입했다면 분명 삼만 원을 채우기도 힘들었을 거다.

차를 타고 집으로 향할 때 나는 문득 친구가 스치듯 했던, 요즘 시장 사람들이 시위를 한다는 말이 떠올랐다. 나는 재래시장의 입장에 대해 생각해 보았다. 하긴 재래시장의 입장에서는 여간 곤란한 일이 아닐 수 없다. 싼 가격과 넘치는 인정에도 불구하고 손님이 끊겨 버리니 얼마나 답답한 일이 아닐까 싶었다.

아무리 편안함만을 추구하는 요즘 세상이라 할지라도, 느긋한 마음으로 버스 길의 풍경을 보며 재래시장에 들리는 조그마한 여유조차 가지지 못하는 현실이 참 안타깝게 느껴졌다. 주위에 무관심하고 인정이 메마른 사람들이 늘어나는 대한민국의 현실이 마치 암전된 것 같이 깜깜하게 느껴져 점점 무서워진다. 서로가 다치지 않게 손전등을 켜 주는 따뜻한 인심을 가진 사람들이 점점 늘어난다면 얼마나 좋을까.

나는 너무나 상반된 사람들의 모습이 참 이상하다고 느끼며 한

숨을 내쉰다. 한 번쯤이라도 좋으니 대한민국에 사는 사람들이 느긋한 여유를 가지고 재래시장을 찾아가 볼 수 있다면 얼마나 좋을까 생각한다.

시장 아주머니와 아저씨들의 주름진 얼굴에 다시 한번 함박 웃음꽃이 피어나길 기대하면서…….

포근한 한 그릇

경기 안성 비룡중 윤소희

어릴 적 나는 유난히도 칼국수를 좋아했다. 어린이날, 나의 생일, 할머니의 생신 때만 되면 뭘 먹고 싶냐는 할머니의 말에 항상 기다렸다는 듯이, 눈을 빛내며 칼국수라고 대답했었다.

그 정도 나이였으면 불고기나 삼겹살, 아니면 회 같은 고급 음식을 말했을 법도 한데 왜 하필 나는 유난히도 칼국수를 좋아했던 것일까.

나는 어릴 적부터 할머니를 굉장히 좋아했다. 할머니 댁에 방문했을 때 시큰둥하시는 얼굴을 본 적이 없었다. 항상 우리를 웃는 얼굴로 반기시면서 맛있는 요리까지 해 주셨다. 그래서 나는 할머니가 좋았고, 할머니와 가깝게 지냈다.

여름 방학을 맞아 할머니 댁에 가 있었던 어느 여름날, 할머니는 나에게 함께 요리를 해서 점심을 먹자고 제안하셨다. 메뉴는 칼국수. 지금까지 음식점에서 주문해 먹어 보기만 했던 음식이었다. 조금 걱정이 된 것은 그 음식을 만드는 방법이 복잡하면 어쩌나 하는 것 정도. 하지만 실제로 만들어 보니 의외로 간단했다.

육수를 내는 것부터는 보기만 하고 직접 해 보진 않아서 모르겠지만, 면을 미는 과정은 꽤나 쉬웠고 특히 뭔가를 만드는 것을 좋아하던 시기의 나에겐 재밌게만 느껴졌다. 칼국수도 맛있었다. 왠지 사 먹는 것보다 더 입에 익숙했고 누군가와 같이 음식을 만들어 봤다는 사실에 괜히 기분이 포근해졌다.

그 이후로도 나는 칼국수를 많이 먹었다. 위에서 말한 대로 특별한 날에도 먹자고 했고, 주말에 시간이 여유롭게 남으면 부모님께 칼국수를 만들어 먹자고 졸랐다. 요즘은 나도 엄마도 너무 바빠져서 칼국수를 만들어 먹자고 말할 여유조차 생기지 않는다. 그저 그때, 반죽을 밀면서 밀가루를 얼굴에 묻히며 장난치던 때를 추억해 볼 뿐이다.

지금 돌이켜 보면 내가 하필 칼국수를 좋아했던 이유는, 고급스럽고 맛있는 것이 좋은 음식이라고 생각해 오다가 누군가와 같이 직접 음식을 만드는 즐거움을 알게 되어서 일지도 모르겠다.

칼국수는 맛있다. 사 먹는 것도 좋지만, 누군가와 함께 만들어 먹으면 더 맛있다. 친한 친구나 좋아하는 사람과 담화를 나누며 즐겁게 요리를 할 때 생겨나는 '음식의 가치'가, 칼국수 그 따뜻한 한 그릇에 잘 담겨 있기 때문이다.

버려진 두부와 내 엄지발톱

충북 충주 산척중 최소연

"어휴, 또 어디서 넘어진 거야? 저번에 멍이 들고는 이제 조심하고 다닐 줄 알았는데!"

나는 어렸을 때부터 한 가지 일에 몰두하다 보면 주위를 둘러보지 않아 넘어지거나 다치는 경우가 종종 있었다. 그럴 때마다 엄마는 말씀하셨다. 제발, 주위를 좀 둘러보고 조심해서 다니라고.

문득 초등학교 4학년 무렵에 겪었던 어이없는 기억을 떠올려본다.

그날은 유난히 공부하기가 싫었다. 나는 무지 졸렸음에도 불구하고 책상에 앉아 계산도 안되는 수학 문제집을 몇 시간째 붙들고 있었는데, 밖에서 두부 장사 아저씨의 목소리가 크게 들려왔다. 엄마는 잠도 깰 겸 나가서 두부 좀 사 오라며 심부름을 시키셨다. 난 책상에 앉아 있어도 공부가 안되는 상황에서 잠깐이라도 벗어나고 싶어 빨리 사 오겠다고 대답했다. 귀찮아도 나는 부모님 말씀을 잘 듣는 '착한 어린이'니까!

슬리퍼를 질질 끌며 잽싸게 두부를 사 들고 아파트 5층의 뻑뻑한 현관문을 벌컥 열어젖혔다. 그런데!

"으아악!"

무심결에 비명이 버럭 튀어나왔다. 갑자기 발톱이 깨질 듯이 아파 왔다. 급하게 아래를 보았는데, 오른쪽 엄지발톱이 완전히 들려 있는 거다! 너무 문을 세게 연 나머지, 내 오른쪽 발을 안전한 곳으로 피신시킬 새도 없이 현관문에 그대로 발톱을 들이받았던 것이다.

피는 내 오른발을 온통 붉게 물들일 것처럼 철철 흘렀고, 비명소리에 놀라긴 했어도 그저 엄살이겠지 생각하며 다가온 엄마의 눈은 휘둥그레졌다. 두부고 뭐고 다 내팽개쳐 둔 채, 전화를 받고 급하게 달려오신 아빠와 젖먹이 동생을 업은 엄마와 함께 나는 응급실로 향했다.

"발톱 뿌리가 꽤나 심하게 다쳤는데요. 일단은 뽑는 게 좋겠지만……. 경우에 따라서는 발톱이 다시 나지 않을 수도 있겠네요."

의사 선생님의 말투는 차갑게 느껴질 정도로 무뚝뚝했다. 발톱이 다시는 나지 않을 수도 있다는 말에 엄마는 괜한 심부름을 시켰다고 자책하셨다.

아무튼 나는 아직 어렸기 때문에 발톱을 바로 뽑지는 않았다. 다만 상처를 꿰매고 발가락에 대충 붕대를 칭칭 감아 놓는 '반 깁스'

라는 것을 했다. 그 후로 나는 약 두 달 동안은 그렇게도 좋아했던 축구조차 제대로 하지 못했다. 친구들의 부축을 받으면서, 즐겁게 뛰어노는 친구들을 그저 바라볼 수밖에 없었다.

나는 새 발톱이 돋아날 때까지 마치 문어의 머리처럼 민둥민둥한 발가락으로 다녀야 했다. 발톱이 없어 무언가에 닿을 때마다 모양이 이리저리 흐트러지던 그 발가락은 어렸던 나에게 정말 충격적인 모습이었다.

물론 지금은 부러진 발톱이 다치기 전의 발톱보다도 더욱 예쁘게 다시 돋아났지만 그 당시의 어이없음은 도저히 내 머릿속에서 지워지지가 않는다.

나는 그 일로 인해 나의 나쁜 습관을 고치기로 마음먹었다. 아주 쉬운 일이라도, 연이어 할 일이 더 있더라도 매사에 신중하게 행동하자고. 그러다 보면 이런 말도 안 되는 일은 다시 겪지 않을 거라고. 무조건 조심하고 보는 게, 실보다 득이 훨씬 클 거라는 건 명백한 사실일 테니까!

나는 생각 없이 그냥 말하지 않고 조금이라도 생각해 본 후에 말한다든가, 걸으면서 주위의 식물이나 건물을 주의 깊게 관찰하며 특징을 찾으려고 노력해 본다든가 하는 작은 일부터 시작했다. 내 근처의 무언가에 대해 주의를 기울이는 법을 조금씩 알아 가기 시작했다. 그리고 몇 년의 시간이 지나자 나는 작은 실수로 인한 사소한 위험들을 어느 정도 잡아낼 수 있게 되었다.

하지만 아직 완전한 것은 아니다. 그래도 확실한 것 단 한 가지는, 나의 급한 성격을 고치고 나서 나는 상당한 뿌듯함을 느꼈고, 앞으로도 이 습관을 유지하면서 꽤나 뿌듯해할 것이라는 것이다.

아이러니하게도, 어린 시절에 겪은 이 말도 안 되는 사건이 점점 나에게 더 좋은 삶의 방향을 알려 주는 나침반이 되었다.

다시 그 기억을 떠올릴 때마다 나는 행복할 것이며, 노력한다면 단점은 극복해 낼 수 있다는 것을 매번 깨달아 가며 더욱 분발할 것이다.

솥구멍, 그 자체로

경기 광명 운산고 양병오

얼마 전, 4월의 말일로부터 닷새쯤 전이었을까. 나는 내가 태어나서 초등학생 때까지 살았던 동네에 가 보았다. 지금 내가 살고 있는 곳에서 버스로 20분 정도면 도착할 수 있는 곳이어서 그리 멀지는 않았지만 나는 그 방향으로 지나갈 때만 슬쩍 봐 왔을 뿐 7년 동안이나 가 보지는 않았었다. 10년이면 강산도 변한다 하건만, 7년 만에 다시 가 보았음에도 그곳은 여전히 똑같았다.

내가 살 때 자주 다녔던 놀이터에서는 내가 한창 뛰놀았을 때의 나이쯤 돼 보이는 여러 아이들이 세상모르고 뛰어놀고 있었고, 내가 살던 아파트에서는 우리 가족이 살 때만큼이나 행복해 보이는 다른 가족이 잘 살고 있는 듯하였다.

이곳은 내가 없어도 너무나도 잘 돌아가고 있었다는 생각에 왠지 모를 허탈감이 들었다. 그 허탈감은 무엇일까 하며 살던 단지를 거닐다가, 나는 너무나 깜짝 놀랄 만한 것을 발견했다. 바로 내가 만들었던 '솥구멍' 자국이었다.

때는 초등학교 2학년 시절이었다. 내가 살던 아파트 단지의 관리 사무소 뒤편에는 색이 굉장히 푸르고, 넓이도 꽤 넓었던 잔디밭이 있었다. 관리 사무소가 단지 뒤편에 있어 사람들이 자주 오가던 곳이 아니었음에도 불구하고, 그곳은 항상 햇볕이 잘 들고 맞바람이 불어왔기 때문에 여름이면 친구들과 잠자리를 잡고 총 놀이를 하기에 좋았으며, 겨울에는 겨울 나름으로 잔디밭 구석에서 햇볕을 쬐며 친구들과 진실 게임을 하고 시시덕대기에 굉장히 좋았다. 덕분에 그 잔디밭은 초등학교 시절 나와 내 친구들에게 꿈과 같은 장소였다.

그러나 문제는 잔디밭에 어떻게 들어가느냐 하는 것이었다. 잔디밭은 보호를 위해 세 방면이 — 그 당시 우리 나이 또래에게는 — 굉장히 높았던 사철나무 울타리로 막혀 있었고, 유일하게 있던 정면 입구는 관리 사무소 창 바로 맞은편에 있었기 때문에 잘못 들어갔다가는 쉽게 걸려 혼나기 일쑤였다.

그리하여 나는 내 절친했던 친구들 3명과 작전을 세웠다. 정면으로 들어가는 것이 불가능하다는 판단에 사철나무 울타리 쪽을 노리는 작전이었다. 그날부터 우리는 학교에서 가위를 몰래 가져다가 하루에 한 뭉텅이씩 사철나무를 잘라 가기 시작했고, 나무가 잘려 생겨난 구멍은 나날이 커져 갔다. 그중 어렸을 때부터 말솜씨가 유려해 우리가 혼날 때마다 항상 변명을 담당했던 친구가, 잘라

놓은 사철나무 가지들을 버리지 말고 모아서 묶어 놓을 것을 제안하였다. 우리가 그 구멍으로 다니지 않을 때는 사철나무 가지 뭉텅이로 메꾸어 놓아 구멍이 없는 것처럼 위장을 하자는 것이었다. 우리들은 참 좋은 생각이라고 하며 잘라 낸 가지들을 역시 학교에서 가져온 스카치테이프로 빙빙 말아서 묶어 놓았다. 그렇게 구멍을 낸 지 엿새째 되던 날 우리는 구멍을 완성했다.

그렇게 구멍을 완성한 우리들은 언젠가부터 그것을 '솥구멍'이라고 불렀다. 누군가가 나서서 솥구멍이라고 하자고 한 것도 아니었고, 솥구멍이 우리들에게 어떠한 뜻이 있는 말도 아니었다. 사실 솥구멍의 '솥'이 '솟'인지 '솢'인지도 우리는 알 수 없었지만 부르다가 익숙해진 그 구멍은 그냥 있는 그대로 우리들에게는 솥구멍이었다. 그렇게 초등학교 2학년 때부터 우리들은 솥구멍을 통해 잔디밭을 제집처럼 드나들었다. 시간이 지나 사철나무가 자라 구멍이 점점 작아질 때마다 우리는 끊임없이 보수를 해 나가며 솥구멍을 유지했다.

초등학교 2학년 때 우리는 그곳에서 잠자리를 잡고 얼음땡을 하였으며, 우리끼리 돈을 모아 불량 식품들을 사 와서 숨겨 놓고 먹기도 하고, 가끔 다 같이 학교 숙제를 하기도 하였다. 그렇게 그 넓은 잔디밭은 초등학교 2학년 때 집과 학교 다음으로 많이 가는, 어쩌면 학교보다도 많이 가는 그런 의미 있는 곳이었다.

초등학교 4학년이 되었을 때 그 솥구멍 잔디밭은 우리에게 일탈의 장소였다. 학원에 가기 싫을 때면 가는 척만 하다 중간에 몰래 새 그 잔디밭에서 모였다. 그곳에서 우리는 학원에 가면 각자 어떤 고통들을 받는지, 대체 왜 학원에 다녀야 하는지에 대해 다 같이 탁상공론을 펼치기도 하였다. 그러다가 겨울쯤 되었을 때, 우리는 기어코 학교에서도 탈출하였다. 학교 수업이 지루하고 재미없었던 기말고사 기간에 우리는 3교시 체육 시간을 이용해 학교 담을 넘어 뛰쳐나가 솥구멍 앞에서 만났다. 우리 4명은 학교를 성공적으로 탈출한 성취감과 그 시간에 오랜만에 느끼는 자유에 취해 잔디밭에서 드르렁대며 꿀맛 같은 낮잠을 잤다. 분명 그 낮잠은 아직까지도 나의 추억에 남아 있는 최고의 잠이었음에 틀림없다.

내가 그곳에 살았던 마지막 해인 초등학교 5학년 때 솥구멍은 우리에게서 점점 잊혀져 가는 장소가 되었다. 새로 접하게 된 컴퓨터 게임에 삶을 걸게 된 우리는 서로 만날 때면 자연스레 피시방으로 갔고, 때문에 솥구멍은 점점 잊혀져 갔다. 물론 때때로 습관처럼 솥구멍 잔디밭에 가서 놀았지만, 이미 그 잔디밭은 부쩍 커진 우리들에게 작았고, 더 이상 놀기에 적합한 장소가 아니었다. 그렇게 지내다 결국 내가 먼저 이사를 가게 되었고, 다른 친구들도 전국 곳곳으로 모두 이사를 가는 바람에 자주 만나지 못하게 되자, 나에게서 솥구멍은 점점 잊히게 되었다.

그렇게 7년이 지난 후, 나는 이곳에 와 솥구멍을 다시 발견했다. 물론 그 구멍은 7년간 거의 메꿔졌고 아래쪽 벽돌을 갈아엎는 바람에 이제는 흔적만 남게 되었지만, 나에게는 무엇보다도 생생하고 눈에 띄게 보였다. 그 구멍을 보는 순간 나는 깜짝 놀라 가슴이 북받쳐 올랐고 환한 미소가 내 얼굴에서 한동안 떠나질 않았다.

나는 요즘 너무나 빠르게 돌아가는 삶을 살면서, 계속 어릴 적 잔디밭에서의 추억과 같은 삶을 갈망했다. 내가 원하던 평화롭고 소박한 삶은 지금 와 생각해 보니 솥구멍 잔디밭에서의 추억 그 자체였다. 나의 기억에 얼마 남아 있지 않은 어릴 적 추억은 대부분 그 잔디밭에서 만들어졌다는 걸 새삼 다시 느끼며, 그때의 삶이 너무나도 그리워졌다. 어째서 그 잔디밭은, 그 솥구멍은 다른 기억처럼 잊히지 않고 내 머릿속에 이렇게도 선명하게 남아 있는 것일까. 그때의 그 구멍은, 지금 와 생각해 보면 그 구멍은, 단순히 드나듦을 위한 구멍이 아니었다. 나의 어린 시절의 행복 자체였으며, 나의 추억 그 자체였다. 지금도 나는 여전히 그런 구멍을 찾는다. 나의 삶을 깨워 줄, 나의 삶을 의지할, 그런 구멍을.

인생 게임

경기 부천 석천중 김주아

'웬 문자가 이렇게 많이 오지?'

빛나는 투덜대며 휴대폰을 열어 보았다.

'아 뭐야 스팸 문자잖아.'

빛나는 인상을 찌푸리며 다음 문자를 확인하였다. 또 스팸 문자였다. 빛나는 짜증을 내며 휴대폰을 던져 버리려고 하다가 문득 확인하지 않은 문자 메시지가 있다는 것을 깨닫고 혹시나 하는 마음에 나머지 문자 메시지를 확인하였다. 혹시나 친구가 보낸 것은 아닐까 기대하면서……. 그러나 역시 게임 광고 문자였다.

'역시나 내 주제에 친구가 있을 리가 없지.'

실망한 표정으로 휴대폰을 들여다보던 빛나는 문득 궁금한 생각이 들었다.

'그런데 이 게임은 뭐지? 인생 게임? 으, 촌스러워. 뭐 그래도 재미있을 것 같긴 한데…….'

빛나는 조심스럽게 게임 시작하기 버튼을 눌러 보았다. 그런데

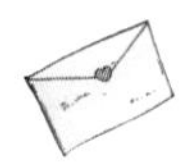

갑자기 휴대폰에서 순간적으로 엄청난 빛이 솟아올랐다.

"으아아아악! 이게 뭐야!"

빛나는 깜짝 놀라 뒷걸음질을 치다가 넘어지고 말았다. 잠시 후 빛은 아무 일도 없었다는 듯이 사그라졌다.

"이게, 이게 어떻게 된 일이지? 내가 잘못 본 건가?"

그런데 잠시 후 휴대폰이 울렸다.

'띵동'

빛나는 무서웠지만 궁금한 마음이 더 컸으므로 휴대폰을 들어 화면을 보았다.

'인생 게임에 오신 것을 환영합니다. 빛나님, 이 게임은 당신의 인생을 원하는 대로 바꿀 수 있는 게임입니다. 자, 그럼 현재 인생에서 바꾸고 싶은 것을 한 가지만 골라 보세요. 1. 외모 2. 성…….'

빛나는 문자를 채 다 읽기도 전에 한 치의 고민도 없이 외모를 선택하였다.

'당연히 외모지! 다른 건 볼 필요도 없어.'

빛나가 외모를 선택하자마자 이런 메시지가 수신되었다.

'외모를 선택하셨습니다. 빛나님은 앞으로 일주일간 누가 봐도 빛이 나는 외모를 가지게 될 것입니다.'

빛나는 두근거리는 마음으로 거울을 보았다. 그런데 여전히 변함없이 뚱뚱하고 못생긴 얼굴이 보일 뿐이었다. 빛나는 실망스러운 표정으로 시계를 확인하였다.

'헉! 시간이 벌써 이렇게 됐네! 내일 학교 가야 하는데……. 얼른 숙제하고 일찍 자야겠다.'

다음날 아침 빛나는 이런 저런 생각에 늦잠을 잤다. 빛나는 허둥지둥 교복을 입고 황급히 학교를 향해 뛰어갔다. 그리고 교실 앞에서 조용히 문을 열었다. 아이들의 시선이 일제히 빛나에게 꽂혔다. 빛나를 본 아이들은 화들짝 놀라더니 저희들끼리 수군대기 시작하였다. 빛나는 어리둥절하였지만 담임 선생님께서 오시기 전에 자리에 앉아야 한다는 생각에 자리로 갔다. 조회 시간이 끝나 쉬는 시간이 되자마자 반 아이들이 모두 빛나 자리로 우르르 모였다.

"빛나야, 너 안경 벗으니깐 예쁘다! 못 알아볼 뻔 했어."

"빛나야, 무슨 일이 있었던 거야!"

빛나는 무슨 영문인지 몰라 당황하며 책상에서 거울을 꺼내 보았다. 그런데 어젯밤 빛나의 모습이 아닌 예쁜 여자가 거울에 있는 것이었다. 그렇게 빛나는 1주일간 빛나는 외모로 꿈같은 날들을 보내게 되었다. 그런데 그것도 잠시 뿐이었다. 아이들은 예뻐진 빛나의 모습에 시기와 질투를 하기 시작했다. 빛나는 외모 말고 다른 것을 바꾸어야겠다고 생각했다.

빛나는 조심스럽게 게임을 다시 실행시켰다. 문자가 도착했다.

'1주일이 지났습니다. 현재 바꾸고 싶은 단 한 가지를 고르세요.

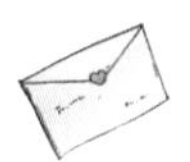

1. 외모 2. 성적 3.…….'

빛나는 마저 다 듣지 않고 2번을 눌렀다.

'그래, 이번엔 성적으로 하자.'

부푼 꿈을 안고 잠에 들었다. 아침에 거울을 보니 빛나의 외모는 원래대로 돌아와 있었다. 예쁘지 않은 빛나의 곁에는 친구들이 모여들지 않았다. 그러나 빛나는 성적이 올랐고 똑똑해졌다. 빛나는 성적이 오르는 것은 좋았지만 친구가 없어 외로웠다. 1주일 뒤 빛나는 다시 게임을 실행시켰다.

'1주일이 지났습니다. 현재 바꾸고 싶은 단 한 가지를 고르세요. 1. 외모 2. 성적 3. 친구…….'

빛나는 이번에도 한 치의 고민 없이 3번을 선택하였다.

'역시 친구가 최고야.'

하지만 빛나의 말은 보기 좋게 빗나갔다. 처음에는 친구가 생겨 즐겁고 학교생활도 재미있었다. 그런데 점점 가면 갈수록 친구들이 자신을 좋아하는 것이 모두 게임 때문일 뿐, 진심이 아니라는 생각이 들었다. 다른 친구들이 노는 것을 보면 서로 장난도 치고 진심으로 이야기도 들어주는 모습이었는데, 빛나의 친구들은 장난치는 것도 어색하고 가식적인 느낌이 들었다.

'친구가 생겨 정말 기쁘지만……. 난 진실한 친구를 사귀고 싶어.'

그렇게 또 1주일이 지나갔다. 게임을 다시 실행시켰다. 그리고 또 다시 한 가지를 선택해야 하는 상황이 왔다.

'난 정말 3가지 다 선택하고 싶지 않아. 이 지긋지긋한 게임을 끝내고 싶어.'

'1주일이 지났습니다. 현재 바꾸고 싶은 단 한 가지를 고르세요.
1. 외모 2. 성적 3. 친구 4. 게임 종료'

빛나는 망설임 없이 게임 종료 버튼을 눌렀다. 빛나는 이제 스스로의 힘으로 삶을 살아갈 수 있는 용기가 생겼다. 빛나는 결심했다. 인생 게임의 도움 없이 자연스럽게 친구를 사귀고, 열심히 공부해서 성적을 올리고, 자기 관리를 열심히 해서 예뻐지기로…….

3

시스루 양말과 메리야스

학교 · 친구

선생님께서 반 여자애들 모두에게
함께 신을 수 있는 양말을 선물로 주신 건 처음이었다.
다른 반은 범접할 수 없는 뭔가 우리들만의 끈끈함이 생긴 것 같았다.
– 경기 김포외국어고 **최은영, 「보일 듯 보이지 않는 시스루 양말」** 중

문 열기

전남 광양용강중 한벼리

아침에 학교에 와서 난 문을 연다

반에 도착해서 창문과 문을 연다

그다음
방송실에 가서 또 창문과 문을 연다

또 그다음
도서관에 가서 또 창문을 연다

선생님은 말씀하신다
왜 이렇게 늦게 왔냐고
난 힘들었는데

생각

전남 장흥고 장희영

아침에 일어나 학교 갈 생각
학교 와서는 점심 먹을 생각
오후 수업에는 몰래 잘 생각
보충 끝나면 저녁 먹을 생각
야자 시작하면 집에 갈 생각
집에 가면 드라마 볼 생각

이렇게 난
오늘도
내일도
항상
'생각'을 하면서 산다.

우리들은 달팽이다

대전고 김태우

아침 해에 몸을 일으킨다
춥다
껍데기 속에 다시 들어간다
하지만 나와야만 한다

몸을 움직인다 느릿느릿
멈칫
잠깐 쉴까 말까 고민한다
그러나 움직여야 한다

느릿느릿 앞을 향해 간다
살짝
장애물을 피하면서 간다
천천히 앞을 향해 간다

몸을 껍데기 속에 웅크리고

잠깐 쉬어 가고 싶지만

꾹 참고 앞을 향해 나아간다

등굣길

충남 서산 대산고 이민혁

피로에 쩔어

잠이 덜 깬

학생들은 등굣길을

터벅

　　　　　　터벅

터벅

　　　　　　터벅

걸어간다.

들키고 싶지 않은 비밀

경기 평택 장당중 장정은

쉬는 시간 끝나 내 자리로 돌아가니
없어졌네. 내 필통
장난 심한 남자아이 내 비밀 쪽지 보고
마음껏 놀려 대네.

쉬는 시간 그 아이는 내 짝사랑을 불러내고
내 이름을 말하네. 계속, 계속, 계속
나의 이름을 알게 된 그는 나를 찾아다니고
나는 피해 다니네.

누구에게도 들키고 싶지 않았던
단 한 가지의 비밀
그 비밀의 당사자에게 들켜 버린
비밀

좋아한다

전북 전주해성고 전현우

라면같이 꼬불꼬불한
너의 파마머리를
좋아한다
한 번만 바라봐도
한눈에 반할 것 같은 너의 파마머리를
좋아한다

국수같이 길게 늘어진
너의 생머리를
좋아한다
조금만 바람이 불어도
날아갈 것 같은 너의 생머리를
좋아한다

그래, 나는 너를 좋아한다

라면 같은 파마머리도

국수 같은 생머리도

잘 어울리는 너를

내 마음 한구석에 남모르게

내가 너를 좋아한다

정리 해고 part 1

강원 홍천 서석고 최하나

우유 배달을 시작했다
매일 2교시 쉬는 시간에
급식소 가서 우유를 가져와야지

우유 배달한 지 한 달이 지났다
2교시 쉬는 시간에 가야 하는데
자느라 못 갔다 다음 시간에 가야지

우유 배달한 지 두 달이 되었다
2교시 쉬는 시간에 가야 하는데
변명이 아니라
하루 종일 이동 수업
하느라 못 갔다

우유 배달한 지 세 달이 되었다
선생님께서 부르셨다
“우유 왜 안 가져와, 가져와.”

우유 배달한 지 한 학기가 되었다
담임 선생님께서 부르셨다
“하나가 배달을 잘 못해서
다른 사람으로 바꿔야 할 것 같아.”

우유 배달한 지 한 학기 만에 잘렸다
하늘도 매정하시지
그렇게 난 정리 해고 당했다
인생 그렇지 뭐

정리 해고 part 2

강원 홍천 서석고 유미나

새 직장이 생겼다
우유 배달을 물려받았다

정리 해고 당한 그이의 실수를
반복하지 않겠다는 다짐을 하고
야심차게 시작했는데

어제도…… 오늘도…….
생각이 나질 않는다

이대로 가다간
2차 정리 해고의
대상이 될 수 있겠다 싶다

초콜릿 우유를 향해 달릴 때의 마음으로

하루하루 한파를 뚫고

배달 열심히 해야겠다

우유도 2개밖에 안 되는데

헝그리 정신

전남 순창 쌍치중 정창환

꿈에 그리던 축구 대회
내 마음은 두근두근
내 뱃속은 꼬르륵

준비 운동하고 연습하는데
아직도 내 뱃속은 꼬르륵

드디어 시작하네.
기대하던 축구 대회
다만 걱정되는 것은
배고픈데 어떻게 될까.

첫판 이기고 둘째 판 이기고
드디어 결승까지 왔네.

발에 치이고 공에 맞고 넘어지고
아프지만 우린 뛴다.
이기면 밥 먹는다는 말에
망할 놈의 헝그리 정신으로
우린 뛴다.

드디어 끝났네.
망할 놈의 헝그리 정신으로
우린 우승했네.

우승 트로피보다 상금보다
좋았던 것은
"와! 드디어 밥 먹는다!"

화해하고 싶으니까

경기 시흥 연성중 공윤서

2년 전 싸운 친구
생각나면 생각날수록
두려우면 두려울수록
너덜너덜한 책같이
그 친구를 헐뜯었다.

어느 날 나에게
옛날로 돌아갈 수 있는 기회가 왔다.
게임 속 영웅에게 주어진
괴물을 물리칠
절호의 기회 같았지만
되려 실패할 수도 있었다.
무섭지만 영웅이라면
포기하지 않을 것이다, 생각했다.

난 이 기회를 놓치지 않고
'거절'이라는 괴물에 맞서 싸웠고
물리쳤다.

나에 관한 뒷 담화가
들려와도
화가 나기는커녕
'짜식'이라는
한마디가
웃음과 함께
나온다.

두려워서 욕하는 게
아니었다.
화해하고 싶었기
때문이다.

달빛이 유난히 밝았던 우리들의 밤

세종 도담중 임예진

달이 밝게 떴던 그날 밤
시끄러운 분위기를 잠재우기 위해 불을 끕니다.
어두운 방 안에 조용한 파도 소리와 서로의 모습만 보이니
어린아이마냥 즐거워합니다.

서로의 웃는 모습만 보였던 그날 밤
자기들의 이야기를 털어놓습니다.
마음속에서 꺼내고 싶었던 그 말들을 시원하게 털어놓으니
서로가 서로에게 고맙다고 말해 줍니다.

마음이 시원했던 그날 밤
우리 반 남자아이들에 대한 이야기를 합니다.
누가 좋은지 누가 제일 잘생겼는지 누가 누구를 좋아하는지
쑥스럽지만 그날 밤은 모든 것을 말할 수 있었습니다.

모든 것을 털어놓으니 잠이 오려 합니다.
각자의 방으로 들어가 포근한 이불 속에서 잠을 청합니다.

달빛이 유난히 밝았던 우리들의 밤은
소중한 추억으로 남게 되었습니다.

이행시 짓기 _ '시험'

경기 김포 고창중 배광호 외

시시때때로 우리에게 찾아오는
험난한 여정, 그 이름은 시험. _배광호

시험공부 힘들다고
험한 욕하지 말고 파이팅! _정수아

시험 기간이 시작된다.
험난한 길이 예상된다. _유슬지

시험은 우리를

험악한 인상으로 기다린다.

_유동윤

시험이라는 점 하나에 목숨 걸지 말 것.

험난한 세상에 맞서 싸울 것. 도망가지 말 것.

_김나영

시작이 좋은 나의 시

험, 또 올 백 맞아야지! ^0^

_김현아

한숨 소리 가득 차 있었다

서울 세명컴퓨터고 임대호

우리 집도 아니고
집 앞 골목도 아닌 곳
피시방은 더욱 아닌 곳에서
학생들의 영혼 없는 시험 시간엔
한숨 소리 가득 차 있었다

학원을 다니면서까지
애써 공부한 과목들에는
하나 풀리는 문제도 없었고
어젯밤 암기한 시험 문제도
자고 일어나니 완전히 잊힌 듯했다
베개를 벤 채

내일부터 열심히 하자는 결심에

알 수 없는 자신감이 샘솟고
머리맡 인형처럼 머리는 비어 갈 뿐
시간은 나의 떨어져 가는 성적을 가리켰다
때늦은 벼락치기에 후회한 뒤
컴퓨터용 사인펜을 잡은 손으로
느낌이 오는 대로
마킹하였다

우리는 풀리지 않는 문제에
있는 대로의 행운을 시험해 보았고
학생들의 영혼 없는 시험 기간엔
한숨 소리 가득 차 있었다

* 이 작품은 이용악의 「풀벌레 소리 가득 차 있었다」를 패러디하였습니다.

보일 듯 보이지 않는 시스루 양말

경기 김포외국어고 최은영

순아쌤께서 어떤 1학년 여학생의 여리여리한 시스루 양말을 보시고는 정말 예쁘다는 생각이 들었다며 우리 3반 여자 친구들에게 같은 종류의 양말을 선물해 주셨다.

나는 단색 양말만 신다가 무늬가 있는 양말의 세계에 눈을 뜬 지 얼마 되지 않았을 때였는데 그런 나에게 시스루 양말은 다소 충격적이었다. 이런 망사 재질의 양말이 있다는 것도 충격적이었지만 그 모양이 너무 여성스러워서 더욱 충격적이었다. 남자애들도 이런 양말을 처음 봤는지 여자애들의 양말을 신기한 눈으로 요리조리 살펴보고 웃곤 하였다.

처음에 딱 받고 나서 '이건 무엇에 쓰는 물건인가……, 어떻게 신어야 하는 거지?'라는 생각이 들었는데 막상 기숙사에서 신어보니 의외로 까칠하지도 않고 시원하면서 굉장히 가벼웠다.

우리 반 아이들에겐 망사 양말이 다소 생소하였지만 다른 반을 보니 망사 양말을 갖고 있는 친구들이 의외로 많았다. 이에 자신감을 갖고 다음 날, 우리는 모두 선생님께서 선물해 주신 망사 양말을 신고 등교했다. 그날 체육 시간이 있었음에도 불구하고 망사 양말을 신고 와서는 열심히 땀을 흘렸다. 면이 아니라 땀 흡수가 잘 안 되긴 하였으나 잠시 신발을 벗고 있으니 굉장히 시원하였다.

종례 후 아이들은 모두 양말을 신은 채 동그랗게 앉아 발을 맞대었다. 작은 발들을 맞대고 있는 게 귀여우면서도 망사 때문에 관능적이었다. 사진도 많이 찍었는데 양말 색깔이 여러 가지여서 사진의 색감이 매우 예쁘고 여성스럽게 잘 나왔다.

이런 레이스 풍의 의류는 어릴 적 피아노 대회에 나갔을 때 말고는 잘 접해 보지 못했는데 오랜만에 접해 보니 내면에 숨어 있던 '소녀소녀함'이 나타나는 것 같았다.

유치원 때부터 고등학교 2학년 때까지 많은 친구들과 같은 반을 했었고 많은 선생님들을 만나 왔지만 이런 경험은 처음이었던 것 같다. 뭐 반 티셔츠 같은 것을 맞춘 적이 있고 친구들 4~5명씩 모여서 우정 팔찌 정도는 해 본 적이 있지만 선생님께서 반 여자애들 모두에게 함께 신을 수 있는 양말을 선물로 주신 건 처음이었다. 다른 반은 범접할 수 없는 우리들만의 끈끈함이 생긴 것 같았다.

안타깝지만 지금은 그 양말이 찢어져서 나는 더 이상 양말을 신지 못하게 되었다.(절대 힘이 세서 찢었거나 일부러 구멍 낸 것이 아님!) 여리여리하고 살랑살랑한 게, 봄에 예쁜 치마나 바지에 맞춰 신었으면 참 예뻤을 텐데 그러지 못한 것이 아쉬움으로 남는다.

앞으로도 망사 양말을 사서 신게 된다면 피식 웃음이 날 것 같다. 무엇이든 간에 첫인상이 그것에 대한 이미지를 좌우하는데 이 날의 망사 양말의 기억 덕분에 망사 양말을 신을 때마다 단란하고 행복했던 우리들의 모습을 떠올리게 될 것 같다.

메리야스 입는 날♪

경기 김포외국어고 최태연

더운 여름의 어느 날이었다. 주말이 지난 월요일, 선생님께서는 여자아이들에게 선물이 있다며 의문의 검은 봉투를 교실에 들고 들어오셨다. 아이들은 그게 무엇일까 상상하기 시작했다. 투명 봉투도 아니고 검은 봉투여서 아이들의 상상력을 더 자극시켰다.

흐뭇한 미소를 지으시며 선생님이 그 검은 봉투에서 꺼내신 건 다른 게 아니라 시스루 양말이었다. 시스루 양말. 난 들어 본 적도 없었다. 양말에 시스루라니 말도 안 되는 소리였다. 아무리 올해 여름이 더웠다지만 양말까지 구멍을 송송 뚫어 가며 신을 필요가 있나 싶었다. 시원해 보이기는 했다.

남자아이들은 부러운 듯 부럽지 않은 눈빛을 보내며 여자아이들이 양말을 고르는 모습을 지켜보았다. 색깔이 매우 다양했다. 봄에 막 피어난 개나리 같은 생기발랄한 노란색, 활짝 핀 진달래의 색과 같은 분홍색, 시골집 담 모퉁이에서 피어나는 산수국의 색을 닮은 파란색, 그리고 뭐라 말할 수 없는 투명색까지. 여자아이들은 각자의 취향에 따라 양말을 고르기 시작했고, 까르르까르르 웃으며 서로의 양말을 보여 주고 얘기를 나눴다. 선생님께서는 흐뭇한 미소를 지으셨고, 아이들도 만족해하는 것 같았다.

다음 날, 여자아이들은 단체로 짜기라도 한 듯 다 같이 그 시스루 양말을 신고 왔다. 남자아이들의 눈으로 보기에는 여간 충격이 아니었다. 대단했다. 양말을 신은 건지 비닐을 신은 건지 모르겠지만 뭔지 모를 끌림이 있었다. 남자아이들은 부러워하는 눈빛들을 숨기려고 애를 썼다. 그 눈빛들을 보시더니 선생님께서는 다음엔 남자아이들에게 시원한 메리야스를 사 주겠다고 말씀하셨다. 남자아이들은 애써 부럽지 않은 척 온갖 사양을 해 가며 괜찮다고 했지만 선생님의 마음은 확고하신 것 같았다.

시스루 양말의 충격이 잊히고, 몇 주 뒤 월요일이었다. 선생님이 봉투에 무언가를 바리바리 싸 들고 오셨다. 앞자리 아이들이 허탈한 웃음을 짓기 시작했다. 난 뒷자리여서 그게 무엇인지 짐작이 가지 않았다. 하지만 그 순간, 머릿속을 스치고 가는 기억이 있었다. 맞다. 메리야스였다. 난 사실 메리야스라는 것을 입어 본 적이 없었다. 어릴 때부터 그런 소재가 너무 간지러웠다. 이런 생각을 뒤로하고 아이들은 한 명씩 앞으로 나가서 공손하게 두 손으로 순백색의 메리야스를 받았다. 정말 하얗다는 것 밖에 기억이 나지 않는다. 조금이라도 더러운 손으로 만지면 때가 탈 듯한 색이었다. 어느덧 내 차례가 다가왔고, 앞으로 나가 공손하게 두 손으로 상장을 받듯이 메리야스를 받았다. 재질이 신기했다. 내가 어릴 때 꺼려하던 그런 재질이 아니었다. 글로 표현하기 어려울 정도로 너무나 신기한 재질이었다. 안경점에 가서 새 안경을 사고 받는 부드러운 안경 닦이 같은 느낌이었다.

선생님께서는 기대하시는 눈빛으로 아이들에게 화장실에 가서 얼른 갈아입고 오라고 말씀하셨다. 남자아이들은 망설이면서도 하나 둘 화장실에 가서 메리야스로 갈아입고 오기 시작했다. 생각보다 너무 부드러워서 면이 몸에 닿을 때 소름이 끼쳤다.

아이들이 다 갈아입고 교실에 들어온 뒤, 선생님께서는 기념사진을 찍자며 남자아이들을 교실 뒤쪽에 나란히 세우셨다. 그리고 등쪽 생활복을 걷어 올리라고 하셨고, 우리는 감사한 마음에 순순히 따랐다. 열 명이 넘는 열여덟 살의 건장한 고등학교 2학년들이 메리야스를 입고 당당히 자세를 취하자 여자아이들은 웃음이 터져서 웃기 시작했고, 남자아이들도 그러고 있는 자신들의 모습이 우스꽝스러운지 서로를 보며 웃었다.

그날의 월요일 아침에는 반 안에서 웃음꽃이 활짝 피었고, 하루가 유쾌했다. 형형색색의 시스루 양말과 부드러움으로는 일등이었던 메리야스는 몇 십 년이 흐른 뒤에도 고등학교 생활의 알찬 추억으로 남아 있을 것이다.

한국에 돌아와서

서울 성사중 박혜미

나는 6살 때 일본으로 이사를 가서 9년 동안 일본에서 살다가 작년에 한국으로 돌아왔다. 돌아와서 처음에는 힘든 점이 많았다. 크게 나눠서 세 가지이다.

첫 번째는 '말'이다. 나는 일본에 가기 전에 한글을 떼고 갔지만 일본에서는 한국어를 쓸 일이 거의 없었다. 가족과 대화할 때에도 동생과는 일본어로 대화했고, 부모님과 얘기할 때는 나는 일본어로 말하고 부모님은 한국어로 답하는 식이었다. 그래서 돌아왔을 때 한국어를 많이 까먹고 있는 상태였다. 모르는 단어 천지지, 말을 하려고 해도 발음이 잘 안 되지, 하고 싶은 말도 잘할 수가 없고 말을 해도 발음 때문에 사람들이 뭐라 할까 봐 조용히 하고 있었다. 의사소통도 안 되어서 너무 답답했다. 학교나 학원 수업에서도 선생님들이 무슨 얘기를 하고 계신지 하나도 알아들을 수 없었고 이해가 안 되었다.

한국에 돌아오기 전까지만 해도 나는 내가 한국인인 것을 엄청

감추고 싶어 했다. 내가 한국인이라서 일본 사람들이나 친구들이 나를 무시하거나 싫어했던 일은 진짜로 없었다. 그렇지만 병원 등에서 내 이름이 불릴 때 너무 싫었다. 모르는 사람들이 '아, 재 한국인이구나.' 하며 안 좋은 눈으로 나를 볼까 봐 무서웠다. 어떻게 해도 이름만은 내가 한국인이라는 것을 감출 수 없었다. 그랬던 나였는데 한국에 다시 돌아와서 '아, 그때 왜 그렇게 창피한 생각을 했을까, 한국어 많이 쓸 걸.' 하고 후회만 했다. 많이 좋아졌지만 지금도 여전히 맞춤법도 어렵고 발음도 잘 안되고 아직도 모르는 단어가 넘치고 그렇다. 한국어는 너무 어려운 것 같다.

두 번째로는 '공부'이다. 수업도 이해하지 못했으니 당연히 시험에서 좋은 결과가 나올 리가 없었다. 일본에서는 좋은 점수가 나오는 것이 당연한 일이였는데 한국에서 지금까지 본 적 없는 점수가 나와서 놀랐고 그런 내가 너무 한심하고 억울했다. 특히 한국사에 대해 아무것도 몰랐다. 풀 수 없는 문제가 이렇게나 많은 시험지는 처음 만나 봤다. 시험 결과가 좋지 않아서 부모님한테도 매우 죄송하다는 생각이 들었다.

시험 스타일도 너무나 달라 더 힘들었다. 내가 일본에서 다녔던 학교에서는 시험을 5과목밖에 안 봤었는데 여기는 10과목 이상을 봐서 공부하는 방법을 아예 바꿔야 하는 까닭에 힘들었다. 그렇지만 친구들이 조언도 해 주고 좋은 자극도 많이 주고 해서 예전보다는 즐겁게 공부하고 있는 것 같다.

마지막은 '친구'이다. 내가 한국에 돌아와 '성사중'을 다니는 사실을 아는 친구는 유치원 때 친했던 친구 딱 한 명밖에 없었다. 그 친구랑 반이 떨어져 있어서 학교에서 만나는 것도 쉽지 않았다. 여기 있는 사람들 모두 모르는 사람이어서 낯설고 떨리고 너무 두려웠다. 등교 첫날, 다른 나라에서 온 전학생이라 그런지 많은 친구들이 관심도 가져 주고 반겨 줬다.

하지만 그것도 오래가지는 않았다. 학급 친구들은 3월부터 같이 있었기 때문에 각자 친한 친구들이 있어서 친구들 사이에 내 자리를 만들기 힘들었다. 친구들과 같이 떠들거나 어울리고 싶은데 말도 잘 못하고 같이 웃는 것조차 어려운 일로 느껴졌다. 나와 같이 있어 주는 친구가 없어서, 일본 친구들이 보고 싶고 너무 서럽고 괴로워서 전학 와서부터 두 달은 학교 끝나고 집에 오자마자 맨날 울었던 기억이 있다.

학교가 세상에서 제일 가기 싫었다. 나 왜 여기 있냐고, 왜 일본에 가지 않냐고, 언제쯤 다시 돌아갈 것이냐고, 일본 친구들 보고 싶다고 울면서 엄마한테 소리를 꽥꽥 질렀다. 그렇게까지 스트레스를 받은 것은 난생 처음이었다.

하지만 지금은 나를 이해해 주고 챙겨 주는 친구들이 많다. 나는 정말로 운이 좋은 것 같다. 우리 반 친구들도 다 좋다. 덕분에 재밌게 학교를 다니고 있다. 너무너무 행복하고 고맙다.

일 년 반 동안 힘든 일도 많았지만 다 좋은 경험이라고 생각하고 있다. 이제 어떤 시련이 와도 무섭지 않을 것 같다. 왜냐하면 다 이겨 냈기 때문이다. 앞으로 더 강해져서 모든 것에 감사하면서 재밌게 멋지게 살고 싶다.

친구들에게

경남 김해분성여고 차정민

별을 보려면 어둠이 필요하다는 말이 있다. 중학교 2학년 때 우연히 SNS에서 보게 된 문구인데 처음에는 무슨 소리인가 싶었다. 그런 찰나의 순간, 정신이 번쩍 들게 하는 깨달음!

우리는 별을 밤에 볼 수 있다. 또한 낮에는 볼 수 없는 것이 바로 별이다. 나는 '해가 뜨려면 밤이라는 시간이 지나야 한다.'라고 해석했다. 그 말인즉 내가 이루고 싶은 어떤 목표를 이루려면 그만큼의 노력이나 간절함과 그 과정에서 겪는 여러 가지 시행착오들이 있어야 한다는 것이다. 물론 그것들이 굳이 있어야 한다고 강조하는 건 아니지만 그런 시행착오를 겪고 좀 더 성숙한 모습을 갖게 되면 노력의 가치가 더욱더 빛나는 게 아닐까 싶다.

별이 된 사람들은 유난히 눈에 띄는 존재다. 그들이 그렇게 되기 위해서 얼마 만큼의 어둠을 겪어 왔을지 생각해 볼 필요가 있다.

나는 처음부터 지금처럼 노래를 잘하지 않았다. '너는 재능이 있어서 좋겠다, 그래도 너는 재능이 있잖아.'라며 나는 다른 사람들보다 좋은 조건에 있다고 누군가 내게 위안 아닌 위안을 할 때면 나는 오히려 발끈했고 그것들은 이내 내게 자그마한 상처가 되었다. 상처를 이겨 내기 위해서 나는 2년이 넘는 시간 동안 남들이 친구랑 놀러갈 때 연습을 하러 학원에 갔다.

노래를 배우기 시작했을 즈음엔 테크닉에서 많이 달리는 나를 발견하고 내가 못하는 것들을 능숙하게 하는 사람들을 보면서 자존심도 상하고 오기도 생겼었다. 레슨을 받으며 연습하는 것 외에도 왜 안되는지 혼자 연구하며 연습 방법을 바꿔 보고 여러 가지 소리를 내면서 갖가지 시도를 해 보았다. 잘하는 사람들의 동영상을 보고 음원들을 찾아서 소리를 어떻게 내는지 듣고, 듣고 또 들었다. 듣고 보며 느낀 것들을 가끔은 노트에 적어서 정리도 하였고 수많은 연습으로 인해 악보는 너덜너덜해졌다.

물론 나도 사람인지라 학원을 안 간 적도 있고 어떤 날은 연습량을 다 채우지 못하고 농땡이를 부린 적도 더러 있었다. 그렇지만 중학생 때에는 그 누구보다 노래에 애착이 강했고 집중도도 높았다고 감히 말할 수 있다.

막 고등학생이 되었을 때는 학원의 갑작스러운 파산으로 인해 엄청난 혼란스러움을 겪었다. 의욕은 있었지만 내 속 어딘가 한 부분이 체념된 상태로 침체되어 있었다. 이때에는 아무리 연습해도 늘지 않는 실력으로 인해 우울을 느끼는 나날의 연속이었다. 답답

함도 없지 않아 있었다. 몇 번의 슬럼프도 오고 나태해지기도, 심지어는 아무런 흥미도 못 느끼는 순간도 왔다. 마음처럼 잘 되지 않아서 가끔은 포기하고 싶기도 했고 그냥 남들 다 하는 공부나 제대로 할까 생각도 해 보곤 했다. 잘못된 연습으로 목소리가 돌아오지 않아 연습실에서 펑펑 운 적도 있었다.

내가 다니던 학원은 비교적 소규모였기 때문에 다른 커다란 학원들에 비해 대회나 공연 같은 것들을 학원에서 기획할 수 있는 여건이 되지 않았다. 우리 학원도 나름대로 여러 커리큘럼을 지니고 있었지만 나는 학원 사람들끼리 다 같이 나가는 대회가, 큰 홀을 빌려 부모님들을 초청하는 학원 정기 공연이 너무나도 부러웠다. 그래서 나는 직접 대회를 찾아 참가했고 경쟁자들 사이에서 벌벌 떨면서 노래를 불렀다.

나는 그 시절, 그 학원을 다닌 것을 후회하지는 않는다. 학원생이 극소수인 쓸쓸한 학원에서 선생님의 격려와 함께 나는 혼자 모든 걸 견뎌 냈고 스스로 일어서는 법을 배웠으며, 연습으로 많이 성장할 수 있었기 때문이다.

이것이 2년 남짓 동안 있었던 일들이다. 앞으로의 인생에서 또 얼마나 힘든 일들이 나를 찾아올까 생각할 때도 있지만 나는 두렵지 않다. 나는 또 부딪히고 넘어질 테지만 다시 또 일어설 것이기 때문이다.

이 세상에서 우리는 수많은 실패를 겪으며 살아간다. 그리고 버티지 못할 것 같은 위기의 순간들도 끊임없이 찾아온다. 내가 그랬다. 그랬기에 친구들에게 말해 주고 싶다. 지금의 실패가 영원한 실패가 아니라는 것을. 실패해도 된다는 것을. 실패는 나를 성장하게 하고 효율적으로 나아갈 수 있는 방법을 스스로 연구하고 찾을 수 있게 하는 좋은 선생님이다. 실패한 당신은 뒤처지는 게 아니다. 단지 천천히 걷는 사람일 뿐. 그렇게 계속 한 발 한 발 정성 들여 걷다 보면 언젠가는 목표에 도달해 있는 자신을 발견하게 될 것이다. 길은 걷는 자의 것이며 한계는 내 스스로가 만든다. 고로 불가능은 없다. 내가 그것을 경험했기 때문에 이렇게 말할 수 있는 것이다.

작년에 나이 때문에 참가하지 못한 여러 대회들을 고등학교 1학년이 되었으니 모두 휩쓸어 버리겠다는 생각으로 올해는 정말 많은 대회 참가 계획을 세우고 준비했다. 처음엔 자신감도 넘쳤고 포부가 있었던 만큼 더욱 절실했다. 하지만 지나친 절실함에 나의 자만과 오만이 더해져 오히려 나를 망치게 했다. 잘해야 된다는 욕심, 상을 타야 한다는 욕심 때문에 내 노래에는 진심이 없었고 무척 많이 떨어서 결과는 매번 좋지 않았다. 나는 이를 쉽게 받아들일 수 없었다. '저 사람이 붙는데 내가 왜 떨어지지?'라는 못된 생각 때문에 상황을 이해하기 어려웠고 그만큼 더 비참함을 느꼈다. 억울했다. 이렇게 많이 연습해도, 이렇게 간절해도 나는 안된다는 생각과 상을 못 받았다는 나약한 핑계들로 인해 내 자신감은 하락하였고 이것들이 반복되면서 열정도 흥미도 고갈되어 나를 무기력하게 만들었다.

그저 수많은 시행착오들 중 하나일 뿐이었는데 그 당시 나는 너무 괴로웠다. 그리고 허무했다. 그럴 수밖에 없었는지도 모른다. 한 해 동안 지역을 넘나드는 총 5개의 대회에서 나는 무참히 바닥을 보았고 너덜너덜하게 마음이 지칠 대로 지치고 닳아 버렸다. 나는 잘하는 축에도 들지 못하고 아직 한참 부족하구나라고 생각했다. 내 자신이 너무 미우면서도 더욱더 연습에 충실해야겠다는 다짐을 했다.

그러다가 10월이 왔다. 이제는 상 욕심도 전혀 없었기 때문에 애써 잘하려고 들지 않고 그저 내 마음을 다해 진심으로 노래했다. 그런데 마지막 동의대 대회에서 뜻밖에 95점 이상을 받아 본선에 진출했고 본선에서 총장상을 받았다. 이 대회는 전 부문에서 95점 이상을 받은 극소수 참가자만 본선에 올라가 당일 바로 경연해 순위를 가리는 체제였다. 예선 결과 벽보를 봤을 때는 너무 놀라 숨이 턱 막혔고 심장은 미친 듯이 뛰었다. 나는 '아니, 내가 왜 본선 진출이지?' 하며 예상치 못한 결과에 울먹거리기만 했다. 그렇게 나는 큰 무대에서 다시 노래를 불렀고, 총장상이라는 너무나도 과분하고 감사한 상을 받게 되었다. 아, 정말 어리둥절하고 믿기지도 않고 너무너무 감사하고 행복한 하루였다.

나는 희망을 얻었고 또한 순박한 겸손도 얻었다. 과거의 어둠들이, 내가 별이 되어 가는 과정의 뜨거운 원동력이었음을 지금은 깨닫고 있다. 만약 내가 처음부터 상을 받았다면 나는 더 이상 발전하지 않았을지도 모른다. 고난 뒤에 얻는 것은 더욱더 달다고 하지 않는가. 그게 딱 내 상황이었다.

지금에 와서 알겠는 것은 진심이 참 중요하다는 점이다. 노래뿐만 아니라 다른 것들도 온 마음을 다한다면 그 어느 누가 감동하지 않을까 하고 자꾸 되뇌어 본다.

아직 나는 별이 되지 않았다. 나는 여전히 부족하다. 하지만 이제는 알고 있다. 내가 곧 별이 될 것임을. 우리 모두가 그러하듯이.

우리는 모두 별이 되고 싶다.

별은 끝까지 버티는 자에게 주어지는, 이 세상에서 가장 존귀하며 무엇과도 바꿀 수 없는 보물이다. 예기치 못한 어둠이 닥쳐와도 우리는 분명 그 두려움보다 큰 존재이다. 그러니 겁내지 말았으면 좋겠다. 우리에겐 다시 일어설 수 있는 힘이 있다.

그림으로 보는 우리 반 사건, 사고

해반천에서

경남 김해 구산고 유준수

이어달리기

2015.05.1
체육대회
이어달리기
2반
답이 없네
갑자기
2반이
모델워킹을
선보입니다
얘들아, 과자랑
호오- 2반이
대역전하고있습니다!
2 반
관심 없음…
* 참고로 다른 반보다
1바퀴 차이가 난다.

심우장 나들이

서울 방배중 조혜지

어쩌다

'어쩌다'는 대답을 회피할 때 자주 쓰는 말이다. 정확한 이유를 설명하기 어려울 때, 굳이 설명할 필요를 느끼지 못할 때, 설명하고 싶지 않을 때, 한마디 툭 던지고 도망갈 수 있는 미끼가 되어 주는 셈이다.

이번 '나들이'도 어쩌다가 시작되었다. 어쩌다 보니 내가 차 안에 있었고, 몇 마디 하고 나니 좁다란 골목길들이 내 앞에 놓여 있었고, 몇 걸음 걷고 나니 내가 잃어버린 소를 찾는(尋牛) 앞마당에서 있었다. 하지만 어쩌다 시작된 일에도 끝은 있는 법일 테니, 나들이가 끝이 나고도 한참 지난 지금. 어쩌다가 내가 길을 나서게 됐는지 그 이유를 찾고자 한다.

출발

예상 외로 일찍 일어난 나 자신에 놀란 7월 18일 토요일 아침.

이날은 내 친구 김연진의 생일로, 나, 김연진, 오현선, 김하연, 성지은 이렇게 다섯이서 그 전날 수다 떨고 먹기를 반복하다 연진이네 집에서 하룻밤을 묵었다. 기말고사도 끝나고 방학도 코앞으로 다가왔겠다, 우리는 이 김에 국어 숙제도 끝내 버리겠다 다짐을 하며 연진이 어머니께서 차려 주신 아침을 먹고 카메라와 필기도구를 챙겨 연진이네 차에 올라탔다.

우리의 목적지는 만해 한용운 선생님이 세상을 떠나시기 전 마지막으로 거처하셨던 성북동 심우장(尋牛莊). 꼬불꼬불한 성북동 골목길을 보고 있자니 영화 「완득이」의 달동네가 생각났다. 조금 다른 점이라면 주차 문제가 일어날 수가 없는, 성인 두 명이 지나가면 꽉 찰, 건물들이 다닥다닥 붙어 있는 좁디좁은 골목길이랄까. 비교적 높이 올라간 덕에 우리는 성북동 일대가 한눈에 들어오는 멋진 경치를 감상할 수 있었다. 처음에 눈에 띈 '심우장 가는 길'이라고 쓰인 표지판을 따라가니 김광섭의 「성북동 비둘기」라는 시가 적혀 있는 작은 쉼터가 있었다. 벽에는 노란색 바탕 위에 하얀색 비둘기가 그려져 있었다. 있는 길을 계속 따라가다 보니 우리는 출발점에 다시 서 있었다. 그 주변에 살고 계시는 듯한 할머니께 길을 여쭤 봐서 그대로 갔는데도 우리는 여전히 제자리걸음을 하고 있었다. 선생님께서 어떤 빌라가 보이고 그 부근에 있는 골목길로 들어가면 심우장이 보일 거라고 하셨는데 웬걸, 빌라는커녕 우리가 기준으로 삼은 큰길로 다시 돌아가기도 어려웠다. 간신히 전자 지도의 힘을 빌려 짜증이 관자놀이에 간당간당 걸릴 즈음에 우리가 그토록 바라던 심우장을 찾았다.

현장

심우장은 내가 상상했던 것보다 훨씬 더 작았다. 본가 옆에는 관리 사무소인 것 같은 현대식 빨간 벽돌 건물이 들어서 있었고 조그만 마당에는 솟대와 무궁화가 있었다. 오랜만에 보는 무궁화였는데 꽃이 정말 예쁘게 피어 있어서 보면서 왠지 모르게 뿌듯했다. 심우(尋牛)는 '소를 찾는다'는 뜻으로, 불교에서 깨달음에 이르는 10가지 단계를 나타내는 말이라고 한다.

또한 심우장은 북향으로 지어진 집으로 유명한데, 남향으로 지으면 당시 조선 총독부를 마주하는 까닭에 한용운 선생께서 창을 북쪽으로 내셨다고 한다. 부지도 작았지만 집은 더 조그마했다. 신발을 벗고 들어가는 전형적인 온돌 바닥이 있는 집이었다. 내부에는 한용운 선생에 관한 자료들이 전시되어 있었는데, 여중생 5명이 들어가니 꽉 찼다. 옆에는 공부방 아니면 침실로 보이는 작은 방이 하나 연결되어 있었고, 부엌에는 아궁이 2개 위에 가마솥이 하나씩 올려져 있었다. 한용운 선생의 검소함이 새삼 대단하게 느껴졌다. 5명 모두 우리가 옛날에 한용운 선생께서 밟고 계셨던 곳을 그대로 밟고 있다는 것을 느끼며 꽤 엄숙하게 집을 둘러보았다. 아담한 뒷마당을 감싸고 있는, 기왓장을 얹은 담이 참 보기 좋았다. 집 안을 둘러보고 사진도 찍고 자료도 보고 나오니 마당 한쪽에 뿌리를 박고 집과 마당 전체를 뒤덮은 어마어마하게 큰 소나무가 보였다. 몇 백 년쯤 되었을까? 엄마께서 우리나라 소나무는 정말 멋있고 기품이 있다고 항상 말씀하셨는데 이번에야 그 말을 제대로 이해한 것 같다. 늘 푸른 나무라는 것도 놀라운데 거기에 끈질긴 생명력까지 탑재한 소나무는 정말로 닮을 만한 것 같다.

심우장을 둘러보고 다시 길을 나섰는데 이번에는 근처에 있다는 길상사에 가기 위함이었다. 우리가 온 길을 반대로 가다 보니 뭔가 제대로 된 입구 겸 출구를 만났다. 전망대도 있고 나무 계단도 있는. 지금 생각해 보니 우리는 반대로 들어가서 길을 많이 헤맸던 것이 아닐까 싶다. 계단을 따라 쭉 걸어 내려가니 아담한 가게들이 모여 있는 2차선 도로가 나타났다. 확실히 강북이 역사 깊은 모습을 더 간직하고 있는 듯했다. 강남에서는 고층 빌딩이 들어서지 않은 곳을 찾기란 쉽지 않지만 이렇게 광화문 근처와 궁들 근처에만 오면 키 작은 건물들이 모여 있는 평화롭고 여유로운 동네를 만날 수 있으니 말이다.

별로 한 것도 없는데 배고픔에 굶주린 우리는 일단 다수결에 따라 길상사를 먼저 가기로 정하고 다시 한번 전자 지도의 힘을 빌어 출발했다. 선생님께서는 분명히 꽤 가깝다고 하시며 주변에 계곡과 정자가 있다고 하셨는데 도대체 어떻게 된 일인지 지도에는 1km가 넘는 굽이굽이 오르막길 밖에 나타나지 않았다. 그래도 여기까지 왔는데 그냥 갈 수는 없다며 내가 핸드폰을 손에 들고 앞장섰다. 가뜩이나 습하고 흐린 여름날이었는데 거기에 오르막길까지 더해지니 짜증 지수가 슬금슬금 증가하고 있었다. 그래도 가는 길에 길 고양이도 보고 모던한 건물들도 구경하며 여차저차 헥헥거리며 길을 올라가고 있는데 친구들이 뭔가 이상하다며 나를 불러 세웠다. 나는 핸드폰이 똑똑하게 안내해 주길래 그것만 믿고 따라가면 되는 줄 알았는데 알고 보니 '새로 고침'이라는 기능을 실시해야 되는 것이었다. 덕분에 우리는 경로에서 한참 벗어나 있었다. 나는 미안하고 덥고 짜증나고 안타까운 복합적인 감정에 그냥 아무 말 없이 길상사를 포기하고 밥을 먹으러 가자는 친구들의 의견에 전적으로 동의했다. 이번에는 우리 중에 '똑부러짐'으로 존경받고 (누구처럼) 기계치도 절대 아닌 하연이가 앞장섰다. 옆길로 건너가서 그나마 수월해진 내리막길을 내려가며 밥을 먹을 생각에 신난 우리는 운 좋게 전(前) 이태준 생가이자 현(現) 찻집인 '수연산방'도 만나게 되었다. 그리고 다시 한번 고개를 돌리니 정말 운 좋게도 그토록 바라고 염원하던 돈까스집이 눈앞에 있었다. 후다닥 들어가서 맛있게 점심을 해결한 우리는 수연산방도 보고 가려고 다시 발길을 돌렸다. 수연산방은 집을 둘러싸고 있는 담만 보아도 꽤 큰 한옥인 것을 한눈에 알 수 있었다. 하지만 문지방을 넘는 순간 우리는 그곳이 집이 아닌 찻집인 것을 알고 왠지 모를 위용에 눌려 떠나야만 했다.

그렇게 우리의 학습 겸 나들이는 끝이 났다. 무사히 버스를 타고 지하철을 갈아타 집에 도착했고, 지금 이렇게 보고서를 쓰고 있다. 내가 앞서 '어쩌다 생긴 일'에 대한 이유를 찾는다고 했는데 솔직히 말하면 어쩌다 생긴 일도 아닌 것 같다. 나에게 주어진 과제였고 이제나 저제나 언젠가는 끝내야 할 숙제였다. '나들이'라는 기분 좋은 명목으로 가서 '심우장'도 알게 되었고 안내장에 적힌 다른 시인과 소설가들의 생가도 눈여겨보게 되었으며, 친구들과의 추억도 쌓았다. 어떻게 보면 이보다 좋은 이유를 찾기는 힘들 듯하다. 색다른 하루를 즐길 수 있는 핑계도 가끔은 필요하니 말이다.

고3으로 살아가기

충남 천안 북일여고 오유리

공용실에 갔더니 책상에 이런 낙서가 있었다.

'고3 힘드나요?'

그 아래에는 이런 답변이 적혀 있었다.

'힘들다기보다도 그냥 불안해. 그리고 내가 엄청 한심해.'

정말 공감되는 말이다. 사실은 북일여고에 다니는 3년 동안 내가 늘 했던 생각이다. 고2 때 어떤 사람이 나에게 이렇게 말했다. 너는 모차르트가 되고 싶은지 몰라도 결국 인생을 살아 보면 네가 살리에리라는 걸 깨달을 거라고. 그때는 정말 상처 받았고 지금도 그 생각을 하면 서운하지만 그 말이 정말 맞는 것 같기도 하다.

나는 항상 천재를 동경하는 평범한 사람이다. '리틀 최승희'라고 불린다는 아이의 기사를 보았다. 아마 초등학교 때부터 한국 예술종합 학교 영재원에서 무용을 배웠다는 것 같았다. 그 아이에게는 대학이 아니라 예술이 문제겠지. 그 기사를 멍하니 보다가 문득 대학도, 취업도 너무 막연하고 불안한 나 자신과 마주쳤다.

나는 바보같이 살아가는 편이지만 가끔 퍼뜩 깨어나 제3자의 눈으로 나를 바라보게 될 때가 있다. 그럴 때 내가 보는 나는 내가 생각했던 내가 아니다. 공부도 못하고 생각도 없고 되는 대로 싸게 말하고 천박하게 웃는다. 그리고 이런 행동으로 가족이나 친구들에게 상처를 준다. 정말로 내가 원하던 건 이런 게 아니었다.

하루는 학교에서 실없이 떠들고 웃다가 마음의 나사가 하나 빠져 버린 듯한 기분으로 터덜터덜 집에 돌아왔다. 무표정하게 나를 쳐다보는 사람들 하나하나가 모두 나를 한심하게 여기는 것 같았다. 집에는 아무도 없었다. 공부를 하려고 거실에 앉아 있는데 갑자기 달라진 풍경이 눈에 들어왔다. 아마 엄마가 서재에 있던 책 몇 권을 거실 책장에 옮겨 두신 모양이었다. 내게 작가라는 꿈을 처음 가지게 해 준 『토지』라는 책이 보였다. 초등학교 때 한 번 청소년 판으로 읽어 보고 원본은 읽다 말았지만 그 감동은 정말 컸었다. 이제는 그런 시대 소설을 읽지 않지만 어렸을 때 생각이 정말 많이 났다. 그때는 내가 고3이 되면 엄청 어른스럽고 현명해질 줄 알았다. 또 지금은 작고하셨지만 박경리 선생님을 꼭 만나 뵙고 싶었다. 어렸을 때 나는 누군가가 나를 "요즘 떠오르는 신인 작가 오유리입니다."라고 소개해 주는 모습을 상상했었다. 그런 여러 가지 생각이 들면서 종이에 물이 스며들 듯이 마음이 축축해졌다. 그러니까 한마디로 슬펐다는 것이다.

내가 그렇게 바랐던 고3이 되었고 벌써 고3도 반이나 지났다. 그러나 나는 변하지 못했다. 한번 마음먹은 일은 성취해 내는 강단도 없고 그렇다고 엄청난 재능이 있지도 않다. 단지 달라진 것은 내가 생각보다 훨씬 멍청하고 한심하다는 것을 알게 되었고 남들이 나에 대해서 어떻게 생각할지도 짐작이 간다는 괴로운 사실을 깨달았다는 점이다. 어렸을 때는 그나마 크면 달라지겠지라고 막연하게 생각하고 희망을 품었지만 요즘은 19년이라는 긴 시간 동안 멍청하게 살아왔는데 과연 내가 바뀔 수 있을까 하는 의구심이 든다.

그럼에도 나는 북일여고에 다녔던 3년을 후회하지 않는다. 물론 자존감도 많이 떨어지고 자괴감마저 들 때도 있었다. 2학년 때 — 라고 하기엔 근래에도 자주 그랬지만 — 나는 야자가 10시에 끝나는데 그걸 못 참고 9시 47분쯤에 도망쳐 나오곤 했는데 어쩐지 선생님들이 아시면서도 그냥 잡지 않으시는 것 같은 느낌이 들었다. 왜일까, 나 같은 한심한 놈은 공부를 시킬 가치조차 없다는 걸까. 나는 우습게도 내 발로 도망쳐 나오면서도 이런 피해망상적인 생각을 하곤 했다. 그럴 때마다 우울해져 하늘을 쳐다보면 정말 새까만 밤하늘에 밤 벚꽃이 가득했다. 새까만 밤하늘 가운데 벚꽃만이 홀로 우아했다. 외부인 주차장의 그 벚꽃이다. 그때의 기분을 잘 표현하긴 어렵다. 벚꽃이 너무 우아해 바라보는 것만으로도 내가 이 학교에 다니는 것이 너무 자랑스럽고 기뻤지만 또 한편으로는 아, 그래 내가 이런 아름다운 곳에 속해 있는 가장 쓰레기 같은 놈이구나 하는 생각도 들어 화가 났다. 요즘도 비슷한 느낌을 느낄 때가 있다. 이 막막한 고3 생활에서 벗어나고 싶지만 한편으로는 나의 학창 시절이 떠나가지 않았으면 좋겠다는 생각도 한다.

한 가지 확실한 바람은 이 힘든 시기를 극복하고 미래에는 웃으면서 학교에서 하는 벚꽃 축제에 놀러 와 그때에는 왜 그랬을까, 뭐 이런 이야기를 하는 것이다. 그래도 아직은 많은 것을 바꿀 수 있는 나이……겠지? 그렇겠지? 그래서 오늘도 나는 이 글을 다 쓰고 공부하러 간다. 모차르트는 못 되도 질투만 하는 살리에리는 될 수 없으니까.

4

잡종 똥개

사회

선생님은 수잔이 오늘 파키스탄으로 돌아갔다고 했다.
반 아이들은 오묘한 표정을 지었다.
그것이 괴롭히던 대상이 사라져서인지 미안해서인지는 모르겠다.

– 경기 화성 봉담고 **임현아, 「잡종 똥개」** 중

개화

전남여고 고예림

제철도 아닌데
개나리가 피어서
한반도에 넘실댄다.

흐르는 눈물을 먹고
노랗게 부서지며
밤새 피워 냈다.

침묵 속에
계절이 지나
다시 봄이 와도

노란 물감
마음에 적셔

잊지 말자,
기억하자.

노란 꽃잎이
바람에 흩날린다.

촛불

충북 청주여고 서지아

다만 약해 빠진 작은 불빛이
여기서 저기서 튀어나와서 반짝였어
금방이라도 꺼질 것 같네,
성냥으로, 라이터로 붙인 작은 촛불
조그만 바람에도 휘청거려서
몇 번이고, 몇 번이고 불을 붙였어

방패라곤 구멍 뚫은 종이컵 하나
추운 밤, 촛불은 하나둘씩 켜지고
그건 모두
국화꽃을 태운 촛불들
남은 사람들은 노래 부르며 그리워하고
촛불은 타고 있네
천천히 흔들리는 작은 것들은

빨간색 파도 되어 흘러가 버리고
남은 것이라고는
평화를 바라는 노래밖에는 없는 밤

다만, 약해 빠진 작은 불빛이
다음 날, 그다음 날에도 반짝이고
아직도 울려 퍼지는 평화를 바라는 노래
꺼져도 다시 밝아지는 그 작은 불씨
그 작은 희망

다만 꺼지지 않는 작은 불빛이
여기 살아 있네
끝끝내 타오르고 있었네

70주년

경기 의정부 민락중 하승연

2015년 8월 15일 광복 70주년이다.
마냥 기쁘지만은 않다.

무심코 TV를 보다 마주친
위안부 할머니들의 한 맺힌 눈물
눈물 속에 아픔이 훤히 보이는데
굳이 증거가 필요할까
굳이 할머니들의 증언이 필요할까
이런 매정한 세상

여대 나온 여자

강원 평창고 박지민

학생들 사이에서 엄청난 인기를 끈 어느 남자 아이돌 그룹의 한 멤버는 자신의 이상형으로 '○○여대를 나온 여자'를 꼽았다. 사소한 발언 한마디 한마디마다 큰 이슈가 되는 남자 아이돌 가수가 이런 말을 한 것이 나에겐 엄청난 문화 충격이었다.

도대체 '여대 나온 여자'가 의미하는 것은 무엇일까? 과연 남자들이 갖고 있는 여대에 대한 환상이란 어떤 것일까? 나는 아빠께 여쭤 보았다.

"아빠, 남자들이 여대 나온 여자를 선호하는 이유가 뭘까?"

아빠의 답변은 이랬다. '여대'라고 하면 일단 여성스러운 이미지가 강하고 그곳엔 여학생들끼리만 모여 있으니 학생들이 더 참할 것 같다는 생각이 든다고 한다. 아빠는 여기에 덧붙여 '하지만 이런 생각은 마땅하지 않은 옛날 관점'이라며 비판하셨는데, 나 역시 이것은 아직까지 선입견에 사로잡힌 일부 남자들의 잘못된 생각과 환상이 만들어 낸 것이라고 생각한다.

그리고 여자는 왜 여성스러워야만 하고, '여성스럽다'는 것은 대체 왜 조신하고 얌전하고 참한 이미지만을 나타내는지 의문이 들었다. 우리 사회에선 알게 모르게 여성에게 자꾸 '여자다움'을 요구한다. 주위에선 여자가 조금만 실수를 하면 "여자가 여자답지 못하게……."라고 말한다. 이런 말을 듣는 것은 대부분의 대한민국 여성들의 숙명일 것이며, 학교와 가정 등에서 나도 자주 이런 성차별적인 말을 들으며 자라 왔다. 우리는 이제 이런 사회적 관점을 변화시킬 필요가 있다.

요즘엔 남성을 능가하는, 강한 성취욕과 리더십으로 사회에서 두각을 나타내는 '알파걸'과 '커리어우먼'도 조금씩 주목 받고 있는 추세다. 이런 여성들을 보면 여러 가지 시선들에 구속 받지 않고 항상 자신감 넘치는 모습이 멋지고 당당해 보인다. 그렇지만 아직 여자는 여성스럽고 남성들에게 순종해야 한다는 생각들 때문에 알파걸, 커리어우먼이 되기란 쉬운 일이 아니다. 여자들에게 여자다움과 순종을 요구하는 것은 여자들이 사회로 나아가 자신의 영향력과 능력을 발휘할 권리를 빼앗는 일이다.

"여자가 말 잘 듣고 여성스러워야 아름답지."

아직까지도 이렇게 말하는 고전적인 선입견을 가지고 있는 사람들에게 말해 주고 싶다. 자세히 보아라. 알파걸과 커리어우먼의 당당한 자신감이 얼마나 아름다운지. 씩씩하게 자신만의 주관을 갖고 당당히 사회로 나아가는 여성들이야말로 진정 아름답지 않은가?

남성들의 로망, 여대의 이미지를 가진 부드럽고 참한 여성은 굉장히 아름답다. 그렇지만 우리는 알파걸, 커리어우먼처럼 주관이 뚜렷하고, 떳떳하게 사회에 나아가는 여성들의 자신감과 당당함도 그만큼, 그 이상으로 아름답다는 것을 알아야 한다. 그리고 이제는 여성들도 눈치 보지 않고 세상으로 나아갈 자신감과 힘을 더욱더 키워 나가야 한다.

남녀 모두가 차별 없이 사회로 나아가 더불어 함께 이 사회를 이끌어야 비로소 우리는 더 아름다운 사회를 맞이할 수 있을 것이다.

내 인생의 '색칠'

경기 이천 장호원중 김지유

오늘 나는 내 인생의 색칠에 대해 이야기하려 한다.

나는 그림을 그리고 색연필로 색칠하는 것을 좋아한다. 하지만 다른 사람들이 생각하는 색으로 색칠하는 것은 딱히 내 취향이 아니다. 예를 들면 이렇다. '하늘은 파란색이니 파란색으로 색칠한다.'라고 생각하는 사람이 많겠지만 나는 그게 싫다.

내가 상상하는 대로 마음 내키는 대로 하늘을 빨간색으로 칠했을 땐 사람들이 항상 묻는다. '왜 하늘을 빨간색으로 칠했어?'라고 말이다. 지금 머릿속에 생각나는 것을 자유롭게 그리라 해서 그렸는데 왜 그랬냐니. 나는 그저 노을이 지는 하늘을 그렸을 뿐인데 말이다. 그런데 사람들은 항상 뭐가 그렇게 이해가 안 되는 것인지 내게 이유를 따지려 했다.

지금 색칠 공부 이야기를 하자는 것은 아니다. 내가 색칠이라는 단어를 통해 전하고 싶은 주제는 '편견'이다. 사람들은 상대방이 가지고 있는 색을 무시하고 자기 멋대로, 자신이 보고 싶은 색으로 다른 사람을 색칠한다.

내가 어릴 적에 우리 마을에는 장애인 한 명이 살았다. 나보다 나이가 5살은 많아 보였지만 그저 장애인이라는 이유만으로 동네 사람들에게 손가락질 받고, 돌에 맞고, 언어적으로 모욕을 당했다. 내가 어려서 그랬던 것인지 아니면 나도 그 장애인에게 편견을 갖고 있었기 때문이었던 것인지 이유는 모르겠지만 손가락질을 하던 그 사람들이 밉거나 괘씸하지 않았다. 심지어 난 친구들과 함께 그 장애인을 약 올리고 도망가는 것을 즐겼다.

이런 내게 편견에 대해 다시 생각해 보게 해 준 사람은 우리 엄마였다. 한번은 내가 집에 친구를 데려오자 엄마는 내게만 오렌지 주스를 주시지 않았고 내 말엔 대꾸도 잘 하지 않으셨다. 그 후로 일주일 정도가 지난 후 난 억울한 마음에 눈물을 터뜨렸고 엄마는 내게 어떤 기분인지 물으셨다. 진짜 차라리 이유라도 알았으면 좋겠다고 생각했고 모든 게 다 서러웠다. 엄마는 내게 차별이 나쁘다는 것을 직접 느끼게 해 주셨다. 그때 내 나이가 8살이었다.

그 장애인을 이상한 시선으로 보는 것은 보는 사람의 문제였고 지금 생각하면 사람들은 항상 상대방이 가지고 있는 색을 무시하고 상대방을 자신이 원하는 색으로 색칠하고 원하는 색으로 바라보는 데 바쁜 것 같다.

왜 사람들은 자신들이 다른 사람에겐 어떤 색으로 보이는지 신경 따위 쓰지도 않으면서 남을 색칠하지 못해 안달일까. 이런 생각이 드는 동시에 나를 바로잡아 주신 부모님께 감사한 마음이 들었다. 아마 그런 경험이 없었다면 나는 아직까지도 편견을 버리지 못했을 것이다.

잡종 똥개

경기 화성 봉담고 임현아

얼마 전부터 우리 동네 구석에 강아지 한 마리가 자리 잡았다. 딱히 어떤 종(種)을 닮은 것도 아닌, 흐릿한 갈색 털에 까만 점을 가진 이 점박이 강아지는 동네 꼬마들로부터 괴롭힘을 당했다. 꼬마들은 일명 '잡종 똥개'라는 별명으로 강아지를 부르면서 말을 듣지 않으면 짱돌을 던졌다. 강아지는 피하지도 못하고 당하기만 했다. 등하굣길에 강아지가 자리 잡은 까닭에 그 모습을 매일 보았는데 측은한 마음이 들었지만 도와줄 생각은 없었다. 괜히 사나운 요즘 애들을 건드리고 싶지도 않았고, 강아지한테까지 신경을 쓸 필요가 없다고 느꼈기 때문이다.

오늘도 그 모습을 흘깃 보고는 그대로 학교에 왔다. 반 아이들이 유난히 소란스러워 무슨 일이냐 물으니 한 친구가 외국인을 봤단다. 이상하게 생겼다고, 우리 또래였는데 좀 다르다고 했다. 웬 외국인인가 생각하고 있으니 선생님께서 들어오셨다. 옆에는 친구가 말한 외국인처럼 보이는 여자애도 함께였다. 모두 신기한 눈으로 그 여자애를 쳐다보았다. 선생님은 그 아이를 '수잔'이라고 소개했다. 파키스탄에서 왔고 아버지는 한국 사람, 어머니는 파키스탄 사람이라고 하셨다. 잘 지내라는 한마디를 남기고 선생님은 교실에서 나가셨다.

미리 얘기를 들은 건지 수잔은 비어 있는 내 옆자리에 와 앉았다. 다들 수잔에게 다가오지는 않은 채 눈으로만 그 애를 좇았다. 아무 말도 없이 조용하기만 하자 한 아이가 수잔에게 말을 걸었다. 그러자 하나둘 수잔에게 다가왔다. 애들의 질문에 수잔은 서툴고 어눌한 한국어 실력으로 대답을 했다. 전학생 이야기를 어디서 들었는지 창문은 벌써 다른 반 아이들로 가득했다. 다들 신기한 무언가를 바라보는 눈빛이었다. 그날은 무사히 지나갔다.

다음날도 '잡종 똥개'를 괴롭히는 아이들을 지나 학교에 갔다. 고작 하루가 지났을 뿐인데 분위기가 어제와 너무 달랐다. 다들 곁눈질로 수잔을 보는 것이 내게도 따갑게 느껴질 정도였다. 수잔은 어리둥절해하고 있지만 나는, 우리 반 아이들은 그 이유를 안다. 어젯밤, 수잔이 없는 SNS 메신저에서 나눈 이야기 때문이다. 시작은 그저 한 아이가 수잔의 이야기를 꺼낸 것뿐이었다. 그러자 다른 아이가 수잔에 대해 비난을 했다. 이상한 나라에서 왔다는 둥 생김새가 어떻다는 둥 말도 안 되는 논리였다. 다들 그것을 알 텐데도, 하나둘씩 수잔 욕에 동참하기 시작했다.

거기까지 떠올리자 어느새 수잔의 옆에 몇몇 아이들이 보였다. 수잔의 머리를 툭툭 치며 SNS상에서 했던 욕들을 그대로 앞에 대고 쏟아 냈다. 그게 시작이었다. 그날 이후 수잔은 소위 말하는 '왕따' 같은 존재가 되었다. 그 아이에게 가해지는 욕설의 수위는 점점 높아졌고 상처를 입히기도 했다. 몇 명은 그것을 낄낄대며 비웃었지만 대부분은 그저 눈살을 찌푸리고 바라봤다. 하지만 그것뿐이었다. 아무도 수잔을 돕는다던가 하지 않았다. 나 또한 마찬가지였다.

어느 날은 누군가가 수잔의 서랍에 문구용 칼을 조각내 넣어 놨는지 수잔이 손에 자잘한 생채기를 입었다. 피가 뚝뚝 흐르는데도 다들 보고만 있었다. 어떤 아이들은 그 모습에 낄낄거리며 욕을 했다. 수잔이 교실 밖으로 나가고 나는 한동안 문을 보다가 신경을 끄고 할 일에 집중했다. 그날 하굣길에 꼬마들이 던진 짱돌에 맞아 상처 입어 피를 흘리며 낑낑대는 강아지를 보았다. 갑자기 오늘 본 수잔의 모습이 떠올랐으나 잠깐 멈칫했을 뿐 그냥 지나갔다.

며칠 후 등굣길에 강아지가 없었다. 꼬마들은 강아지를 찾아 동네를 돌아다니고 있었다. 학교에 도착하자 항상 일찍 오던 수잔의 자리가 비어 있었다. 조례 종이 칠 때까지도 수잔은 오지 않았다. 슬그머니 걱정이 고개를 비칠 만한데도 아이들은 지각을 한다며 수잔이 없을 때에도 욕을 했다. 선생님이 들어오시고 아이들은 수잔이 오지 않았다며 걱정을 빙자하여 지각함을 일렀다. 선생님은 수잔이 오늘 파키스탄으로 돌아갔다고 했다. 반 아이들은 오묘한 표정을 지었다. 그것이 괴롭히던 대상이 사라져서인지 미안해서인지는 모르겠다. 아이들이 무슨 생각을 했는지 몰라도 그날 하루 종일 우리 반은 쥐 죽은 듯 조용했다. 집에 돌아가는 길 눈에 보인 잡종 똥개의 빈 자리에, 한참 그 앞에 서 있었다.

지지 않는 꽃

경기 고양 서정중 장윤정

지난 수요일, 안국역 주변을 지나던 중 골목 한쪽을 빼곡히 채우고 있는 사람들을 보았다.

족히 500명이 넘는 사람들이 '역사는 과거와 현재의 끊임없는 대화입니다', '죄를 지은 사실보다 죄를 인정하지 않는 것이 더 부끄러운 것이다' 등의 피켓을 들고 일본군 위안부에 대한 일본의 사죄를 한마음으로 외치고 있었다. 놀라운 것은 어르신부터 주부, 대학생은 물론 내 또래의 학생들, 아직 어린 나보다 더 어린 친구들까지 함께하고 있었다는 것이다. 알고 보니 일본 대사관 앞에서는 매주 수요일마다 수요 집회가 열리고 있었고, 내가 그날 본 것은 무려 1191차 집회였다.

'일본군 위안부'는 강제로 전선으로 끌려가 일본 군인들의 성적 노예로 인권을 유린당한 여성들을 말한다. 꽃다운 나이의 꽃 같은 소녀들은 차마 입으로 내뱉지도 못할 만큼 고통스러운 고문을 당하며 15년이라는 긴 시간을 보내야만 했다.

일본 정부는 1990년까지 위안부 강제 동원은 일본군이 한 일이 아니며 여성들이 자진해서 왔다고 주장했다. 그러나 일본에서 위안부 관련 자료가 나오고, 미국에서도 일본군이 위안부를 모집한 문서가 발견되자 일본 정부는 어쩔 수 없이 일본이 일본군 위안부를 강제로 동원한 것을 인정했다. 그러나 한마디의 공식적인 사과도 없었다. 과거에 2차 대전을 일으킨 사실에 대해서만 미안하다고 했을 뿐 일본에 의한 식민 지배나 침략에 대한 표현은 하지 않았다.

1997년 일본은 법적인 책임은 없지만 도의적인 책임만 지겠다는 취지로 '여성을 위한 아시아 평화 국민 기금'을 설립했다. 즉, 피해 여성이 신고할 경우 보상금을 주겠다는 것이다. 1988년 시모노세키 지방 법원에서 일본 정부의 배상 책임을 인정하는 재판 결과가 나오기도 했다. 그러나 일본 대법원에서 이 결과를 기각하면서 무효가 되었다. 따라서 실질적으로는 보상 또한 제대로 이루어지지 않은 것이다.

아베 총리는 일본이 이미 충분히 사과했다고 말한다. 그리고 다음 세대에게 사죄할 숙명을 짊어지게 해서는 안 된다고 발언했다. 또한 국내에서도 일본의 사과에 대해 자꾸 이야기하는 것은 부당하다는 터무니없는 의견을 주장하는 사람들도 있다. 이들은 할머니들께 더 큰 상처를 남긴다.

일본 정부는 말한다. 이제는 그만 잊을 때라고.

한국 정부도 말한다. 일본군 위안부 문제를 비롯한 과거사는 내려놓고 가야 할 짐이라고.

1991년 8월 15일 고(故) 김학순 할머니의 일본군 위안부 최초 공개 증언이 있었던 날로부터 현재 2015년 8월 15일까지 24년이 지났다. 그러나 일본군 위안부 문제는 아직 해결되지 못하고 있다.

할머니들께는 시간이 얼마 남지 않았다. 위안부 피해자로 공식 등록된 238명 가운데 생존자는 이제 44명뿐이다.(2016년 5월 현재) 할머니들께서 바라는 것은 큰 것이 아니다. 그저 진심 어린 사과일 뿐이다.

이미 지나간 일은 돌이킬 수 없고, 할머니들께서 입은 상처 또한 되돌릴 수 없다. 그렇지만 할머니들의 상처와 억울함은 풀어져야 한다. 평생을 고통 속에서 살아온 할머니들이 그날의 상처를 그대로 안고 돌아가시게 해서는 안 된다.

그것은 남겨진 우리의 몫이며, 또한 우리의 빚이다.

그날 보았던 그 사람들은 이 무더운 여름에도 우리가 해야 할 일을 잊지 않고 실천하고 있었던 것이다.

역사를 잊은 민족에게, 미래란 없다.

우아하게 포장된 폭력을 말하다

- 김려령, 『우아한 거짓말』을 읽고 쓴 서평

서울 자운고 이경연

내일을 준비하던 천지가, 오늘 죽었다. 항상 밝다고 생각했던 열네 살 소녀 천지의 자살을 믿을 수 없었던 언니 만지가 동생의 흔적을 좇기 시작하면서 천지의 죽음에 얽힌 '진실'이 드러나기 시작한다.

대한민국 국민 중 대다수는 12년이 넘는 학교생활을 한 '베테랑 학생'들이다. 그 긴 기간 동안 왕따를 접해 본 적이 없는 사람이 있을까? 아마도 없을 것이다. 누군가는 가해자로, 또 다른 누군가는 피해자로 '왕따'라는 어두운 단어를 마주했을 것이다. 어쩌면 '나는 괴롭힌 적 없으니까.' 하고 자신을 정당화하는 방관자였을지도 모른다. 이 책은 왕따를 접해 본 사람이라면 누구나 공감할 수 있는 내용을 담고 있다. 괴롭히고, 거기에 맞서고, 또는 그것을 못 본 척 고개를 돌리고. 누구나 한번쯤은 느꼈을 따돌림의 법칙을 콕, 콕 집어 내는 이 책을 읽다 보면 괜스레 가슴 한구석이 따끔거리고, 때때로는 심장이 발끝까지 쿵 하고 떨어지는 느낌을 받게 된다. 완전한 악인이 없어 더 현실적으로 다가오는 천지의 이야기를 우리는 단지 읽기만 할 것이 아니라, '왕따'에 대해 한번 더 진지하게 생각해 보는 계기로 삼아야 할 것이다.

가해자, 김화연

"열한 살, 이천지입니다."라는 싱거운 인사말로 시작된 학교생활에서 천지를 향해 가장 먼저 웃어 준 것은 화연이었다. 그리고 아이러니하게도, 3년 동안 천지를 따돌리고 조롱해 죽음으로 몰아간 것 역시 화연이다. 화연의 괴롭힘은 영악하고 악랄하다. 사고로 돌아가신 천지 아빠가 실은 자살로 죽은 거라는 거짓된 소문을 퍼뜨린다. "그러니까 애가 음침하잖아."라고 한마디 덧붙이며 웃는 것도 잊지 않는다. 천지가 소문을 알아채고 절교라고 말하면 이렇게 말한다. "미안, 미안. 난 정말 그런 줄 알았어." 그리고는 또 한마디. "나는 전에 그렇게 들었는데." 그러면 아니라는 부정은 흔적도 없이 사라진 채, 전에는 그렇게 들었다는 말만 걷잡을 수 없는 소문이 된다. 자신의 생일 파티 때에는 일부러 천지만 한 시간 늦게 초대해 불청객으로 만들고 인심 쓰듯이 자장면을 한 그릇 내어 주기도 한다. 화연에게 있어 천지는 그런 친구였다. 남 주기는 아깝고, 나 갖기는 싫은 그런 친구. 그래서 화연은 천지와의 관계를 우아하게 포장한다. 불쌍해서 어떻게 안 노느냐고, 그렇게 자신을 정당화시킨다.

2011년 12월 20일, 대구에서 한 중학생이 유서 한 장만을 남기고 자살하는 사건이 일어난다. 대구 중학생 자살 사건이라는 이름으로 알려지며 '애들은 다 싸우면서 크는 거지.' 하는 어른들의 시선을 완전히 바꿔 버렸던 사건이다. 가해자는 피해자에게 게임 캐릭터 레벨을 올리라며 폭행하고 담배 피우기를 강요하며 대신 숙제를 시켰다. 심지어 물고문을 하는가 하면, 전깃줄로 목을 감은 뒤 바닥에 떨어진 과자 부스러기를 먹도록 강요하는 등의 비인간적인 방법으로 피해자를 학대한다. 결국, 괴롭힘은 피해자가 아파트에서 뛰어내리고 나서야 멈추게 된다. 사건을 접했던 당시 대다수의 사람들이 중학생에 불과한 아이들이 어떻게 이런 짓을 할 수 있느냐고 분노하며, 확실히 처벌할 것을 주장했다. 가해자들은 실형을 선고 받았고, 학교 폭력 처벌을 강화할 것이라는 말이 뉴스에서, 신문에서 계속해서 흘러나왔다. 내가 중학교에 입학한 후 가장 먼저 받은 교육이 학교 폭력 예방 교육이었을 정도였다.

그러나 여전히 학교 폭력에 대한 처벌은 제대로 이루어지지 않고 있는 것 같다. 때리고, 대놓고 욕설을 내뱉는 것만이 괴롭힘은 아니기 때문이다. 화연이 천지에게 저지른 짓은 어땠는가? 물론 화연은 천지를 때린 적이 없다. 휴대 전화 단체 채팅방에 초대해서 집단으로 욕설을 퍼붓는다던가, 돈을 뺏은 적도 없다. 그러나 누구도 때리지 않고, 누구도 욕을 하지 않는다고 해서 왕따가 존재하지 않는다는 의미는 아니다. 천지에 대한 거짓된 소문을 퍼뜨리고 천지를 조롱거리로 만든 행위는 명백한 괴롭힘이다. 그 괴롭힘이 육체적인 것이든 정신적인 것이든, 누군가의 행동 하나로 다른 누군가는 죽고 싶다고 생각하게 될 수도 있다. 모두에게 묻고 싶다.

당신은 혹시 예비 살인자가 아닙니까?

피해자, 이천지

'아이들은 화연이가 뒤끝이 없다고 합니다. 그런데 나는 아니라고 합니다. 활을 쏜 사람에게 뒤끝이 있을 리가요. 활을 쏴서 미안하다고 사과를 질질 흘리고 다니는 사람, 아직 못 봤습니다. 아이들은 과녁이 되어 몸 깊숙이 박힌 활이 아프다고 한 제게 뒤끝을 운운합니다.'

자살하기 전, 천지가 화연의 조롱을 받으면서 하는 말이다. 이 책을 읽다 보면 가끔 소름 끼칠 정도로 따돌림을, 아이들 간의 갈등을 잘 꿰뚫고 있는 문장들이 있다. 시험이 끝난 후 만지의 책상을 리폼해 주겠다며 내일을, 미래를 준비하던 천지를 죽음으로 몰아간 것은 누군가가 생각 없이 툭툭 쏘아 댔던 화살일 것이다. 이 문장을 보면서 문득 나도 뒤끝 없는 척, 솔직함을 가장한 채로 화살을 마구 쏴댄 건 아니었을까 하는 생각이 들었다. 내가 다른 아이들에게 아무렇게나 쏜 화살이 누군가의 가슴에 콱 박혀 버리진 않았을까? 나도 언젠가 내일을 준비하던 누군가를 그 자리에 주저앉혀 버린 건 아닐까? 누구나 이런 고민을 한번쯤 더 해 보아야 할 것이다.

천지는 자신에게 주는 마지막 봉인 실을 숨겨 놓은 시립 도서관을 이렇게 표현한다. '같이 있어 외로운 것보다 차라리 혼자 있어 외로운 것이 나았던 그런 곳'이라고. 내가 따돌림의 피해자가 되었던 때 느꼈던 감정이었다. 집에 혼자 있으면 심심하고 외로웠지만, 다른 친구들에게 내 욕을 하던 그 애와 함께 있을 때보다는 덜 외로웠던 것 같다.

"나이테를 봐야 나이를 알 수 있다는데, 그럼 나이를 알려면 나무를 잘라야 하나?"

이 말을 하던 천지는 자신과 나무를 동일시했던 것 같다.

용서한다는 것

'아이들은 항상 '우리'였고, 나는 '애'였습니다. 그리고 '우리'와 '애' 사이에는, 화연이가 있었습니다.'

책을 읽으면서, 이 문장을 읽으면서 내가 초등학교 때 따돌렸던 친구가 천지와 겹쳐 보였다. 계기는 단순한 것이었다. 학교가 끝나면 모여서 이야기를 나누고 놀이터에서 뛰어놀던 나와 다른 친구들과는 달리, 그 친구는 항상 학원 때문에 바쁘게 지내야 했다. 언제부터인가 '우리'와 '그 애' 사이에는 틈이 생겼다. 모든 따돌림의 시작은 무리가 일 대 다수로 나뉘는 것부터이다. 수련회가 끝나고 놀이터에 모여서 놀던 날의 기억은 잊히지 않는다. 수련회가 끝나고 자연스럽게 모여서 놀기로 한 우리와는 달리 그 친구는 그날도 학원 일정이 있었다. 뭐가 그렇게 아니꼬웠던 건지, 나와 친구들은 놀이터 한복판에서 그 친구를 몰아세웠다. 내가 뭐 얼마나 잘났다고 그렇게 유치하고 치졸하게 그 친구를 괴롭혔었나 싶다. 중학교에 입학하기 전, 나는 일 년 내내 나와 다른 친구들 때문에 많이도 울었을 그 친구에게 사과를 건넸다. 어쩌면 나는 진짜 미안했던 게 아니라 초등학교를 졸업했으니 그때의 연장선인 그 일도 깔끔하게 끊어 내고 싶었던 건지도 모른다. 이기적이었던 내 사과를 괜찮다는 말로 받아 준 것은 그 친구였다.

내가 그 친구와 천지를 겹쳐 본 것은 단순히 따돌림을 당한 사람들이기 때문이 아니다. 자살하기 전까지 화연에게 집요하게 괴롭힘을 당하던 천지는, '너 참 밉다.'고 말하면서도 결국 엄마와 언니에게, 화연과 미라에게 봉인 실을 주고 떠난다. 그 빨간 실 안에는 사랑한다는 말을, 용서하고 간다는 말을 남긴 채로. 천지와 그 친구, 둘 다 아무 대가도 없이 자신을 괴롭힌 사람들을 용서했다. 참 미웠던 나를 용서해 준 그 친구를 떠올릴 때면 그 넓은 마음과 달리 내 마음이 너무 초라해 보여 항상 부끄러워진다.

방관자, 곽미라

미라는 천지에게로 향하는 화연의 악의 어린 괴롭힘을 막아 주었던 단 한 사람이다. 책에 직접 언급되지는 않았지만 천지가 "미라 너, 작년 겨울 방학 때까지는 나랑 마주치면 진짜로 잘 웃어 줬는데."라고 말하는 것으로 미루어 보면 천지의 유일한 친구였을 인물이다. 미라가 천지에게서 등을 돌리게 되는 계기는 미라가 자신의 아빠와 천지 엄마가 함께 있는 모습을 본 것이었다. 미라는 그것이 천지의 잘못이 아니라는 것을 빤히 알면서도 천지를 미워하게 되어 천지의 상황을 철저히 방관한다. 천지가 화연에 대한 선전포고로 선입견 조장 방법에 대한 국어 발표를 마친 후, 미라는 자신을 평생 죄책감 속에 살게 할 한마디를 내뱉는다. 화연이는 누구 하나 죽어야 정신 차릴 애라고, 발표 따위로는 꿈쩍도 하지 않는다고. 미라가 얹은 작은 짐 하나가 결국 천지를 무너뜨린 것이다.

한 학교 폭력 피해자의 이야기를 들어본 적이 있다. 사건을 조사하던 중 피해자가 최대 가해자라며 지목한 사람은 피해자에게 가벼운 주먹질 한 번 휘두르지 않은, 욕 한마디도 내뱉지 않은 사람이었다. 그 여학생은 오히려 피해자를 동정하고 있었는데, 피해자를 향한 집단 따돌림이 시작되기 전에는 단짝 친구였기 때문이었다. 피해자는 자신을 때리고 돈을 뺏은 아이들보다, 자신을 따돌리는 반 아이들의 틈에서 자신을 외면한 친구에게 더 많은 상처를 받은 것이다. 이런 사례는 내가 거론한 것 외에도 대단히 많을 것이다. 학교 폭력 예방 교육을 받을 때 들은 이야기 중에 기억에 남았던 것이 있다. 피해자는 자신과 가해자를 둘러싼 채 아무것도 하지 않는 방관자들을 가해자로 인식해 도망치거나 저항할 엄두조차 내지 못한다는 것이다. 상황이 그렇게 흘러간다면 방관자는 이미 '방관'이 아닌 '동조'를 하고 있는 게 아닐까?

낙타를 쓰러뜨리는 것은 깃털같이 가벼운 가장 마지막 짐이라고 한다. 왕따 문제에 있어서 그 짐은 아주 사소한 계기이다. 미라가 그랬듯 단 한마디의 말일 수도 있고, 그저 단 한 번의 외면일 수도 있다. 그 마지막 짐을 얹는 사람은 가해자가 아닌 방관자일지도 모른다.

천지는 하루아침에 자살을 결심한 것이 아니다. 가까웠던 친구 화연은 친구들 사이에서 자신의 자리를 지키기 위해 천지를 집요하게 괴롭혔고, 사랑했던 가족들은 천지의 고민을 알아주지 못한 채 별일 아니라는 듯 넘겨 버린다. 모든 것을 알고 있던 미라는 천지를 미워하며 모든 일을 방관해 버린다. 책 끝부분, 작가의 말에서 천지는, 김려령 작가는 말한다. 너밖에 없다는, 사랑한다는, 다 너를 위한 거라는 말이 아닌, 진심이 담긴 평범한 인사가 준비해

두었던 굵은 줄로부터 나를 지켜준 거라고. 때때로 우리가 흔들리지 않게 우리를 붙잡아 주는 것은 거창한 것이 아니다. 천지의 주위에 잘 지내느냐고, 괜찮으냐고 물어 주는 사람이 단 한 명이라도 있었다면 많은 것이 달라지지 않았을까. 우리 주변의 힘들어하는 이들에게 물어 주자. 잘 지내니? 하고, 진심을 가득 담아서.

따뜻한 자본주의, 빈곤의 사슬을 끊고 위기에 빠진 자본주의 세계를 구하라

인천 대인고 김유진

"왜 세계의 절반은 굶주리는가?"

이 유명한 질문에 수많은 학자들이 각기 다른 대답을 내놓았다. 토마 피케티를 비롯한 몇몇 경제학자들은 '자본 소득이 항상 노동 소득보다 우위에 있어 자본이 부족한 국가들은 노동으로 낮은 소득을 창출하기 때문에 빈곤에서 벗어나기 힘들기' 때문이라 답했고, 장 지글러를 포함한 몇몇의 사회학자들은 '국제 사회의 지원금이 그 목적과 달리 가난한 이들에게 전해지지 않고 다른 용도로 사용되고 있기 때문'이라 했다. 박선미와 김희순은 세계가 만들어진 과정 그 자체를 원인으로 지목하였다. 풍요로운 세계가 가난한 나라들을 만들었다는 것이다.

체급 차이가 현저히 나는 두 집단이 자유 경쟁이란 명목하에 경쟁하게 되고, 이것이 반복됨에 따라 승자는 계속 승자로 남고 패자는 계속해서 패배하여 결국은 링에서 쫓겨나게 되는, 빈익빈 부익부라는 말로 상징되는 불공정한 소득 재분배가 끊임없이 이루어져

빈부 격차가 세습되는 악순환. 마르크스가 경고한 자본주의의 몰락 과정 중 그 첫 번째가 실제로 세계 곳곳에서 나타나고 있다. 이대로 간다면 얼마 못 가 자본주의가 몰락하고 그에 따라 공황이 발생할 수 있다. 그것이 특정 국가에서 나타난다면 케인스의 수정 자본주의를 도입해 대공황(1929) 때처럼 해결할 수도 있겠지만, 오늘날의 경우엔 그마저도 불가능할 것이다. 대공황 당시엔 미국과 유럽, 그리고 일본이란 한정된 국가들에서만 공황이 나타났지만 지금은 발생 범위가 전 세계일 것이기 때문이다. 예를 들자면 OECD 국가 중 1~2개의 국가에서 공황 등 경제와 관련된 문제가 발생하게 되면 그 여파는 전 세계로 퍼지게 된다. 이른바 선진국이라 불리는 국가들이라면 버텨 낼 수 있겠지만, 그 대열에 끼지 못한 다른 많은 나라들과 수많은 사람들은 경제 위기에 의해 힘없이 죽어 나갈 것이다. 전 세계적 경제 문제는 더 이상 위기가 아니라 재앙이다.

자본주의의 몰락을 타개할 방책은 자본주의를 개선하는 것이 아니라 세계 구조를 변혁하는 데 있다. 이미 대체할 이론이나 방식이 없는 자본주의를 수정해 더 나은 방향으로 진보케 하여 자본주의의 몰락을 막겠다는 대책은 실효성이 없어 보인다. 또한 이미 그 자체가 문제로 지목된 것을 고쳐 봐야 얼마나 효과를 볼 수 있을까? 그보다는 불평등한 세계 구조를 바꾸어 자본주의가 몰락하더라도 버텨 낼 수 있도록 하는 것이 바람직하지 않을까? 그것이 도리어 자본주의의 문제를 해결하는 길이 될 수 있을 것이라 생각한다.

현대의 세계 구조를 바꾼다는 것은 혁명을 일으키자거나 국가 동맹을 만들자는 정치적인 의미가 아니다. 다만 서구 국가가 선진국이 되기까지 희생시켜 왔던 남아메리카나 아프리카, 동남아시아 등 소위 빈곤 국가, 혹은 개발 도상국이라 칭해지는 국가들이 경제적으로 자립하여 자생할 수 있도록 하자는 것이다. 혹자는 이미 그들이 그렇게 할 수 있도록 원조하고 있지 않느냐고 반문할 수도 있다. 그런 질문에 과연 그 원조로 변한 것이 무엇이며, 빈곤 문제가 조금이라도 나아졌는가를 되묻겠다.

나는 현재 서구권 국가들이 빈곤 국가들에게 하고 있는 경제 원조는 무의미하다고 생각한다. 그 이유로 많은 것들을 꼽을 수 있겠지만, 대표적인 것으로 선진국이 보내는 원조금이나 물자들이 본래 목적대로 빈곤한 이들에게 가 그들을 구제하는 용도로 사용되는 것이 아니라, 독재 정권의 손에 들어가 정치 자금이나 무기 구매 비용으로 쓰인다는 점을 들고 싶다. 이러한 상황이 수십 년 동안 지속되었고, 계속해서 문제로 제기되었는데도 불구하고 알면서도 모른 척 방치한 채 밑 빠진 독에 물 붓기 식의 원조를 감행한 서구권의 행태는 일부러 그렇게 한 것이 아닐까 하는 생각까지 들게 한다. 빈곤 국가들이 경제적으로 자립할 수 있게 되면 자신들의 헤게모니가 약해지고, 동시에 선진국의 상품들을 판매하고 원자재를 싼값에 들여올 수 있는 경제적 식민지를 잃게 되니 그들이 자립하면 자신들이 불리해질 것이라는 이유에서 말이다. 조금 음모론적인 시선이지만, 애초부터 원조 대상국들의 경제적 자립을 위한 원조가 아니라, 자신들의 주도권 유지를 위한 지원금을 원조라는 명목하에 지원해 이미지 상승과 실리를 동시에 차린 것이 아닌가 싶다.

어떤 사람들은 결과가 어찌되었건 원조를 하는 것 자체가 도덕적으로 마땅한 행위고, 선진국으로서 제 할 도리를 다한 것이 아니냐고 말하기도 한다. 원조를 하는 것은 원조 대상국들보다 나은 환경에 있는 이들이 베푸는 자선이 아니다. 그들이 경제적, 정치적으로 우위에 있을 수 있도록 해 준 데에 대한 보은이다. 은혜를 갚는다고 표현한 이유는 오늘날 서구권의 국가들이 세계 역사상 가장 풍족하고 발달된 문명을 누릴 수 있었던 것은 모두 현재의 빈곤 국가들의 희생이 있었기 때문이란 생각에서다. 그들의 자발적인 희생이 아니라, 약탈과 침략에 의한 타의적인 희생이었다는 점에서 보은이란 단어보다는 배상이라는 용어가 더욱 적당할 수도 있겠다.

서구권 국가들이 세계를 주도하는 현대 사회는 제국주의 시대로부터 기인하고, 제국주의는 산업 혁명으로부터 기원한다. 많은 이들이 제국주의 아래 저질러진 야만적인 침략 행위에 대해서는 비판하지만, 산업 혁명에 대해서는 그 원동력이 되었던 자본과 학문적 진보가 약탈을 기반으로 했다는 사실을 모르고 있다.

과학자들의 발견과 발명도 큰 기여를 했지만 서구권 국가들의 발전은 수탈당했던 원주민들의 희생이 있었기에 비로소 가능했다. 수탈해 온 물자들이 아니었다면 과학자들에게 지원할 자본이 존재했겠는가?

나를 포함한 많은 이들이 찬양해 마지않는 '민주주의' 역시 산업 혁명과 마찬가지다. 민주주의를 태동시킨 프랑스 대혁명, 그것을 가능케 했던 부르주아들의 자본력 역시 약탈을 통해 얻은 것임을 생각해 보면, 민주주의 역시 원주민들의 피눈물에서 기인함을 알 수 있다. 또한 민주주의 사상가들에게 영감을 주었다는 커피도 모두 원주민들에게서 빼앗아 온 것들이다. 물론 커피가 없었다고 해서 민주주의 이론이 탄생하지 않았을 것이라곤 생각하지 않는다. 그저 원주민들의 희생이 서구 문명 탄생 과정의 사소한 것들에도 영향을 주었음을 이야기하려 했을 뿐이다.

계속해서 논하고 있는 아프리카나, 남아메리카 등의 국가들에게 자행되었던 약탈과 침략들은 지금까지도 행해지고 있다. 우리들이 아침 대신으로 먹는 바나나나, 시험 전에 먹는 초콜릿들, 생활의

활력이 되어 주는 커피 같은 것들 모두가 그 증거물이다. 우리들은 그것들을 먹으면서 항상 생각해야 한다. 이 모든 것들, 우리가 영위하는 모든 것들이, 저 먼 곳에서 굶주린 이들의 피땀으로 만들어진 것이라는 것을. 언젠가 우리들이 그들을 배부르게 해 주어야 한다는 것을 말이다.

오늘날의 세계 구조가 지금 빈곤 국가의 희생으로 이루어졌으니 이제는 우리가 가난한 나라들을 위해 그들을 물심양면으로 원조해야 한다는 것이 아니다. 다만 21세기의 우리들이 누리는 이 문명을 건설하는 데 흘려진 피를 감안해서라도, '풍요로운 세계'가 만든 '빈곤한 나라들'을 빈곤에서 탈출케 해야 한다. 그 방법을 찾아내는 것이 바로 우리 세대에게 남겨진 숙제다.

어떤 이들은 우리들이 왜 그렇게 해야 하는지 의문을 품기도 하고, 또 어떤 이들은 현재 아프리카에서 벌어지고 있는 빈번한 쿠데타나 내전 같은 것들, 남아메리카에서 활개를 치며 나라를 병들게 하는 폭력 조직들이야 말로 그들을 빈곤하게 만든 진짜 이유라고 반박할 수도 있을 것이다. 그러나 명심해야 할 것은 그들이 이야기한 진짜 이유들이 모두 빈곤한 나라들이 원래부터 지니고 있었던 문제는 아니라는 것이다.

우리들이 '빈곤한 이들'을 위해 할 수 있는 것은 무엇일까. 탈무드에 나오는 말처럼, 우리는 그들에게 물고기를 던져 주는 것이 아니라, '물고기를 잡는 법'을 가르쳐 주어야 한다. 단순히 물자들과 구호 자금을 보내 주는 것이 아니라, 학생들을 받아들여 과학과 학문을 가르쳐 주어야 하고, 기술 지원단을 파견해 그곳의 기술자들에게 기술을 가르쳐 주어야 한다. 그들이 세계의 자본주의 체제 속에서 살아갈 수 있도록 해야 한다. 그것이 그들을 진정으로 위하는 길일 것이다.

칼 마르크스는 "부의 재분배가 이루어지지 않고 부유한 이들이 계속해서 가난한 이들을 착취할 것이므로 결국 자본주의는 몰락할 것"이라고 예언하였다. 그 예언은 실현되고 있고, 그가 예견했던 것 이상의 규모로 나타나고 있다. 자본주의의 몰락이 곧 세계 규모의 재앙이 되고 있는 것이다. 그러나 인류가, 우리들이, 서로 도와가며 더불어 살아간다면, 약육강식 적자생존의 냉혹한 자본주의가 아니라 부유한 이들이 가난한 이들을 돕는 따뜻한 자본주의로 나아간다면, 밝은 미래가 우리들을 기다릴 것이다.

기울어진 봄, 우리가 본 것들

- 416 세월호 참사 시민 기록 위원회 작가 기록단,
『금요일엔 돌아오렴』을 읽고 나눈 독서 활동 기록지

서울 동덕여고 이경민, 이시원, 임태미, 조유경

학생들은 3박 4일의 수학여행을 마치고 금요일에 돌아오기로 되어 있었다. 그러나 배에 갇힌 일반인 승객들과 더불어 끝내 집으로 돌아오지 못했다. 우리가 이 활동을 시작할 때는 바로 세월호 사고가 일어난 지 1년이 되어 가던 시점이었다. 불과 1년 전에는 세월호 사고에 대해 온 국민이 누구보다도 슬퍼하고, 누구보다도 가슴 아파했다. 하지만 1년이 지난 지금은 어떨까? 모두가 점점 무뎌져 세월호 사고를 잊고 있다. 어떤 사람들은 이제 그만하자고 말한다. 하지만 유가족들은 여전히 멈춰 버린 2014년 4월 16일 그 시간 속에서 살고 있다.

『금요일엔 돌아오렴』은 세월호 사고 이후 사랑하는 사람을 떠나보낸 가족들이 닿을 수 없는 수많은 금요일에 관한 기록이다. 이러한 사고를 선뜻 기록하기로 나선 사람들이 바로 '416 세월호 참사 시민 기록 위원회 작가 기록단'이다. 2014년 4월 16일 세월호 참사 직후부터 그해 12월까지 단원고 희생 학생 유가족들과 함께했

고, 그중 13명의 부모님과 그 외 다른 주변 사람들을 인터뷰하여 언론에 의해 자극적으로 변질된 이야기가 아닌, 그들의 진실하고 인간적인 이야기를 가지고 책을 펴낸 것이다. 우리는 시간이 흐르면 흐를수록 잊게 되는 세월호 사고에 대해 다시금 생각하고, 사랑하는 사람들을 먼저 떠나보낸 사람들의 진짜 이야기를 들어 보고 싶어 이 책을 선정하게 되었다.

처음 책을 읽으면서 '나 너무 슬퍼서 더 못 읽겠어.'라고 말하면서 눈시울을 붉히던 우리는 책 속에 담긴 이야기들과 각자가 느낀 감정에 대해서 이야기하게 되었다. 어떤 얘기를 나눌 수 있을지에 대해서 걱정하던 네 명의 여고생들은 활동 시간을 거듭할수록 더 진지해졌고, 솔직해졌다. 이 보고서는 우리가 진솔해지고 성장해 가는 모습에 대한 기록이다.

1. 내가 세월호에 타고 있었다면 어떻게 행동했을까?

경민 이건 좀 답하기가 어려운 질문 같아. 그렇지?

유경 나도 동의해.

경민 나부터 말해 볼게. 세월호 사고 있잖아. 일단 모든 수학여행의 안전 기초가 선생님이나 어른들의 말씀을 잘 듣고 개인 행동을 하지 않는 거잖아. 어렸을 때부터 그렇게 교육 받아 왔으니까. 선내 방송도 일단 '움직이면 안 됩니다.'라고 지시했을 거야. 선생님들도 처음 겪으시는 일이기도 하고 잘 모르시는 상황이었으니까 다들 가만히 있었을 것이고. 나도 그냥 가만히 있다가 구명조끼 입고, 뉴스에 나온 사람들과 같이 행동했을 거 같아.

시원 나도 그렇게 생각해. 솔직히 선생님들도 사고가 날지 알았겠어, 그렇지? 그냥 갑자기 배가 기울어질지 누가 알았겠냐고. 흔한 일도 아니고. 그런데 배가 많이 기울었잖아. 그런 상황이 되었다면 나는 나갔을 거 같아.

경민 음, 그 상황에서 너는 그런 생각이 났을 거 같아?

시원 난 그런 게 있거든. 비행기를 타면 추락할 것 같고 그래서 항상 머릿속에 '나는 이런 상황이 되면 이렇게 대처해야지.' 하는 생각이 있어. 내가 만약에 세월호에 타고 있었다면 기우는 순간 나 혼자라도 살자 하는 생각으로 바다에 뛰어내렸을 거 같아. 나 진짜 나쁜 아이인 것 같아.

유경 아 그렇구나. 근데 나는 좀 다른 의견이야. 나는 배를 한 번도 안타봤어. 근데 배가 기울면 어떤 행동이 안전한지 잘 모르잖아. 나는 일단 전문가인 선장의 말을 듣고 그 자리에 그냥 가만히 있었을 것 같아.

태미 나는 외갓집을 갈 때마다 '화물 배'라고 차를 같이 태우는 배를 많이 타 봤는데 화물 배는 그래도 위에 뚫려 있는 공간이 굉장히 많아. 하지만 화물 배라고 해도 사람들이 앉을 수 있는 공간이 있는데 그곳에는 천장이 있고 출입구는 굉장히 작아. 그런 곳에 내가 들어가서 앉아 있어 봤는데 거기서 든 생각이 배가 기울면 나갈 곳이 없다는 거였어. 그래서 일단은 갑판에 애들이랑 같이 나가서 상황을 좀 지켜보고 구조대가 오면 구조를 받고……. 나는 그렇게 행동했을 거 같아. 나는 나 혼자 빠져나가지는 못했을 거야……. 나 혼자 빠져나가면 애들한테 너무 미안하잖아.

경민 나도 책에서 생존자 중에 몇몇은 자기 혼자만 빠져나왔다는 생각에 매일 죄책감에 시달리고 있다는 사례를 봤어.

시원 아. 듣고 보니 나도 엄청 후회할 거 같아. 앞으로 그런 상황이 오면 같이 애들 모아서 나갈 거야!

2. 사고에 대한 보상은 누가 해 주어야 할까?

시원 나는 정말 이 질문이 어렵다고 생각해…….

태미 나도. 정말 누가 보상을 해 주어야 할까?

시원 나는 청해진 해운이 보상을 해 줘야 된다고 생각해. 급한 대로 국가가 유가족들에게 보상을 해 주면 국가가 보상해 준 돈을 청해진 해운이 차차 국가에게 갚아야 한다고 들었어. 그렇게 하는 것이 맞다고 봐. 청해진 해운은 기업이지만 몇 억씩

큰돈을 줄 수 없는 상황이니까 국가가 먼저 급한 불을 꺼 주는 거지.

경민 나도 시원이가 말한 방법이 좋다고 생각해. 청해진 해운에서 보상을 하는 게 맞다고 생각하고 있어. 물론 청해진 해운만의 문제는 아닐 거야. 국가가 잘못한 부분도 당연히 많겠지. 그래도 세월호의 주인은 청해진 해운이잖아? 그러니까 보상은 청해진 해운에서 해 줘야 된다고 생각해.

시원 경민이가 부족한 내 말을 보충해 준 느낌이야. 태미야, 너 생각은 어때?

태미 뭐랄까. 내 생각은 배를 만든 상태에서 배를 이상하게 개조한 사람들도 잘못이고, 사고가 난 후 대처를 잘했더라면 전부 다는 아니더라도 지금의 생존자 숫자보단 더 많이 살릴 수 있었을 것 같다는 생각도 들어. 대처를 잘하지 못한 국가에게도 잘못이 있다고 생각하고 있어.

유경 나도 청해진 해운만의 잘못은 아니지만 청해진 해운측이 더 많은 잘못을 했다고 생각해. 그래서 청해진 해운이 더 많은 보상을 해 주어야 하고 국가에게 돈을 빌려서 한다면 돈을 국가에게 다시 갚아야 된다고 생각해.

시원 나는 태미의 의견에 매우 공감이 가. 태미 말처럼 세월호는 개조된 배라는 것을 다 알고 있지? 어떻게 보면 정말 이번 일에 대한 근본적 원인은 배를 개조할 때 안전은 생각하지도 않고 마음대로 개조한 업주(청해진 해운)의 잘못이라고 생각해. 선박을 개조하고 배의 안전 운행에 필요한 평형 수나 화물의 적재도 계속해서 무시하며 영업을 해 왔고 수백 명의 생명을 책임져야 할 사람들이 허술한 능력과 경력을 가지고서 선박을 운항해 온 것이 너무 화가 나.

유경 정말 너랑 태미의 의견을 들어 보니 화가 난다.

경민 이렇게 큰 사고가 날 때마다 우리는 항상 누가 보상을 해 주어야 마땅한지에 대한 서로의 의견이 달라서 다툼이 일어나는 거 같아.

태미 맞아. 모두들 자신들이 저지른 잘못은 생각 안 하고 다들 남한테 떠넘기기 바빠 보여.

시원 맞아. 보통 보상이란 돈으로 해 주는 보상을 다들 많이 생각하는 거 같아. 보상을 누가 해 줄지 정해지면 그 다음 문제는 얼마를 주느냐, 얼마만큼의 피해 보상을 해 주느냐에 대한 논쟁이 일어나니 너무 안타깝고 유가족 분들에게 힘든 싸움이 될 거 같다 생각해. 주제에서 조금 벗어난 얘기 같기도 하다.

유경 나도 보상은 '물질적인 것'이라는 약간의 고정 관념을 갖고 있었던 것 같아. 지금 이 시점에서 유가족 분들에게 가장 필요한 보상은 진정한 사과와 함께 사건의 진실을 한시라도 빨리 알려 드리는 것이 아닐까 싶어.

3. 세월호 특별법이 만들어지는 것은 정당할까?

유경 진상 규명을 위해 특별법이 만들어지는 것은 정당하지만 단원고 학생들만을 위해서 특별법이 만들어지는 것은 정당하지 않다고 생각해.

경민 나도 진상 규명을 위해서 세월호 특별법을 만드는 것은 찬성해. 그런데 단원고 학생들만을 위한 특별법은 너무 과도한 것이 아닌가 하는 생각이 문득 들기도 해.

유경 이 문제는 너무 어려운 것 같아.

경민 세월호에는 단원고 학생들뿐만 아니라 다른 일반 승객들도 타고 있었다는 것을 잊지 말아야 할 것 같아.

시원 맞아. 희생자였던 단원고 학생들이 일반 승객에 비해 많긴 하지만 너무 단원고 학생들만 이야기가 되고 있어. 일반 승객들도 논의가 돼야 하진 않을까? 솔직히 일반 승객들의 유가족들도 얼마나 슬프겠어. 언론에 이야기도 잘 안 나오는데.

유경 경민이 말처럼 일반 승객들의 유가족들도 얼마나 슬프겠어. 가슴에 엄청 큰 말뚝이 하나 박힌 것처럼 말이야.

경민 세월호 사고를 기억할 때 단원고 학생뿐만 아니라 일반인 승객들도 같이 기억해야겠어.

시원 맞아!

표지부터 마지막까지 어두웠던 이 책을 읽으면서 우리는 가슴 한 구석이 먹먹해지는 것을 느꼈다. 책을 읽고 나서 함께 이야기를 나눌 질문을 선정하는 것부터 어려워했던 우리는 더 진지하고 깊이 있는 대화를 위해서 각자 나름의 질문을 정리하는 시간을 가졌다. 대화 중에는 모두 진지하게 자신의 생각을 이야기해 주어서 깊은 대화를 나누게 되었다. 각자의 의견을 이야기할 때는 서로의 의견을 들으면서 나와 다른 입장에 대해서도 생각해 볼 수 있었다. 책 속에는 아무래도 감정적인 부분들이 많았기에 감정 이입을 해서 생각해 보게 되는 질문들이 많이 뽑히는 바람에 각자의 감정에 대해 진지하게 생각해 보고 이야기하는 기회가 많았다. 감정적인 질문들이 있었다면, '세월호 특별법'에 대해 냉정하게 비판해 보기도 했고, 다른 한편으로는 이러한 사고의 기록이 가지는 의의와 앞으로 그들을 잊지 않고 추모할 방법에 대해 생각해 보기도 했다.

대화를 마치고, 보고서를 작성하고 다듬는 과정에서 우리는 협력이 얼마나 중요한지를 깨닫게 되었다. 처음에는 어디서부터 시작해야 할지 막연하기만 했지만, 친구들과 이야기하며 일이 하나 둘씩 퍼즐을 맞추는 것처럼 진행되어 갈 때는 뿌듯했고 보람도 느꼈다.

활동 소감

시원 『금요일엔 돌아오렴』을 읽은 후, 나는 많은 것을 다시 되돌아보고 깨달았다. 처음엔 세월호 사건을 조금 더 알고 싶고 유가족분들의 심정을 조금이나마 이해하고 싶어서 읽기 시작했다. 한 장 한 장 읽으면서 모든 분들의 슬픔이 어느 정도인지 실감이 났다. 읽으면서 정말 눈물이 날 뻔했다. 모든 유가족분들의 사연을 읽으며 생각한 것은 먼저 나도 내 주변 사람들에게 조금 더 잘하고 조금 더 배려해 주어야 되겠다는 것이다. 두 번째는 이렇게 억울하게, 해결된 것도 없이 싸우고 계신 분들을 돕고 싶다는 생각을 했다. 그래서 시간이 많이 흐른 지금도 나는 세월호 사건에 대한 봉사 활동을 더 찾아보면서 조금이나마 도움이 되고 싶다는 생각을 하게 되었다.

경민 처음 책을 골랐을 때 우리의 마음은 그렇게 무겁지만은 않았다. 하지만 책을 직접 읽어 보니 처음부터 가슴이 먹먹해지고 눈물이 나려고 했다. 한 송이의 꽃으로 져 버린 단원고 학생들의 가족들은 때로는 담담하게, 또 때로는 감정적으로 그들의 이야기를 해 주었다. 뉴스에서 보도되는 자극적인 이야기들 뒤편에 가려진, 사랑하는 사람들을 먼저 떠나보낸 사람들의 진솔한 이야기가 담겨 있었다. 책을 읽으면서 괜히 감정이입이 되어 눈물이 나려고 했다. 특히 동생을 잃은 고3 언니의 글을 읽을 때에는 괜히 내 이야기인 것같이 더 슬펐다. 마침 내 동생이 수련회를 가 있었던 터라 동생한테 조심하라고 계속 연락도 했다. 이 책을 읽는 내내 나는 아직 경험하지 못한, 누군가를 떠나보내는 것에 대해서 좀 더 깊이 있게 생각해 보게 되었고, 내가 혹시 먼저 떠나더라도 이 책에 있는 학생들의 친구들처럼 나를 위해 슬퍼해 주고 나에 대한 좋은 기억들을 이야기해 줄 수 있는 친구들이 있었으면 좋겠다는 생각을 하게 되었다. 그러기 위해서는 지금 이 순간 후회 없이 나누고 베풀며 살아야겠다.

유경 세월호 사고는 작년, 우리가 1학년일 때 갑작스럽게 일어났다. 그리고 시간이 흘러 어느덧 우리도 단원고 학생들처럼 2학년이 되었다. 우리의 시간은 흐르고 흘러 수학여행을 떠날 나이가 되었는데 남겨진 단원고 학생들과 유가족의 시간은 2014년 4월 16일에 남아 있을 것이라고 생각하니 책을 읽는 내내 마음이 아파 왔다. 이번 독서 활동은 기존의 전형적인 틀에서 벗어나지 못한 뻔한 독서 활동이 아니었다. 책을 직접 구매하고, 책의 내용에 대해 더 깊게 생각함으로써 책에 대한 애정도 생기고 지루하지도 않았던 의미 있는 활동이었다. 또한 빠지는 사람 없이 우리 조원 모두가 대화에 적극적으로 참여하고 보고서도 열심히 작성해 주어서 즐겁게 보고서를 완성할 수 있었다.

태미 처음에 이 책을 선택하자고 강력하게 주장했던 사람은 나였다. 그 이유는 사실 세월호 사건에 대해 정확히 알지 못했기 때문이다. 그래서 이번 기회에 정말 실제 상황은 어떠했는지, 진실이 무엇인지 알고자 했고 이 책을 읽으면서 많은 것을 깨달았다. 실제 유가족들의 얘기를 들으면서 많은 것을 느꼈다. 정말 현실감 있게 그려진 그때 당시의 상황에 대해 하나하나 읽으며 유가족들의 마음을 조금이나마 느낄 수 있었다. 그리고 부끄러웠다. 수많은 생명을 살릴 수 있었음에도 불구하고 우리나라는 그러지 못했다는 것이 참 부끄러웠다. 친구들과 세월호 사건에 대해 얘기하면서 앞으로는 일어나서도 있어서도 안 되는 사건이라는 것을 다시 한번 느꼈다. 세월호 사건을 절대 잊지 않을 것이다.

글 선정에 도움을 주신 선생님들

이름	지역	학교
김건세	경기	수원외고
김명순	인천	부흥고
김승필	광주	정광고
김진민	경남	효암고
김학묵	울산	매곡고
나경화	세종	한솔중
노현수	경기	하남경영고
박국희	서울	서초고
박기범	경기	평내고
박정해	서울	양동중
서기원	대전	대전성모여고
서허왕	전북	서영여고
심대현	충남	배방고
양지선	제주	제주중앙여고
여은실	대구	학남중
우경란	서울	미양중
이성원	충북	단양중
이정희	부산	대덕여고
장주선	전남	해남고
조상욱	경기	불곡고
조상혁	경북	문명고
한은경	서울	노원고
한혜영	경기	응곡중
황영숙	강원	원주여고

학생들의 글쓰기를 지도해 주신 선생님들

이름	지역	학교
강경은	서울	인수중
강수연	전북	전주해성고
강진	강원	서석고
고종성	제주	남주고
권미진	경기	민락중
권미혜	경북	안동여중
권지란	경기	진건중
김건호	경기	태광고
김관성	인천	대인고
김광오	충북	청주중앙여고
김성희	경기	장호원중
김성희	경기	백마고
김연민	경기	안일중
김영헌	충북	산척중
김유경	부산	덕포여중
김유진	경기	봉담고
김정임	경기	금파중
김지영	전남	광양용강중
김태광	서울	용문고
김혜원	울산	삼산고
문성효	충북	남성중
박수현	서울	난우중
박순아	경기	김포외국어고
박영실	경남	구산고
박용숙	서울	자운고
박유미	서울	동덕여고
박지훈	전남	구례동중
박하선	충남	홍성여중
박희진	충남	대산고
소훈덕	전남	전북여고
송지연	서울	구현고
신미영	경기	연성중
심재신	부산	데레사여고
오유미	경기	운산고
오주연	경기	석천중
유재민	전남	광양백운고
이광원	강원	정선고
이미경	서울	수유중
이미라	서울	신남중
이미연	제주	제주중앙여고
이선화	서울	월촌중
이석환	대전	대전고
이성희	서울	연서중
이수정	세종	한솔고
이승주	경남	김해분성여고
이원재	강원	원주금융회계고
이은일	서울	신동중
이재중	충북	충주고
이향	강원	평창고
장순심	경기	고창중
전진아	충남	태안고
정남화	충남	북일여고
조소연	전북	쌍치중
조은영	서울	세명컴퓨터고
채경수	전남	전남외고
최귀연	경기	현화고
최명주	전남	구례고
최선희	경기	호평중
최영숙	강원	남춘천중
최은혜	경기	단원중
한금순	제주	남녕고
한상규	서울	동북중
홍숙정	전북	정읍고
황수진	전남	장흥고
황지윤	경기	신길중